Harry Graf von Arnim

Der Nuntius kommt!

Essay. Zweite Auflage

Harry Graf von Arnim

Der Nuntius kommt!
Essay. Zweite Auflage

ISBN/EAN: 9783744613897

Hergestellt in Europa, USA, Kanada, Australien, Japan

Cover: Foto ©Andreas Hilbeck / pixelio.de

Weitere Bücher finden Sie auf **www.hansebooks.com**

Der Nuntius kommt!

ESSAY

VON

EINEM DILETTANTEN.

ZWEITE AUFLAGE.

Mit einem Briefe des Grafen Arnim, an den Verleger.

MOTTO: Er kommt nicht, oder
Er kommt, oder
Er kommt doch nicht. —

Alte Berliner Redensart.

WIEN.
VERLAG VON L. ROSNER.
1878.

Schloss Goesting bei Graz, 1878.

Mein verehrter Verleger!

Ihrem Wunsche folgend autorisire ich Sie ohne Bedenken, mich als den Verfasser des Essays „Der Nuntius kommt" zu nennen. Für die erste Auflage habe ich die Anonymität zu bewahren gewünscht, aus Gründen, welche Ihnen bekannt sind. Wenn die Broschüre unter meinem Namen erschienen wäre, würde sie sofort von vielen Leuten für eine Schmähschrift gegen den Fürsten Bismarck verschrieen, von Anderen aus demselben Grunde gerühmt worden sein. Selbst jetzt habe ich zu meiner Erheiterung constatiren können, dass viele Derjenigen, welche vermutheten, dass ich der Verfasser sei, darauf verzichtet haben, die Broschüre zu lesen. Sie beschränkten sich darauf zu sagen, dass ihr wesentlicher Inhalt nichts sei, als eine Sammlung von ironischen Bosheiten gegen den Reichskanzler, obwohl der Reichskanzler selbst Mühe haben würde, dergleichen zu entdecken.

Sollten sich Redewendungen finden, welche mit einem Anflug von Berechtigung als „ironische" bezeichnet werden könnten, so würde ich die Erklärung dafür nur in der Schwerfälligkeit meines Styles suchen können. Was meine Stellung zur Sache betrifft, so benutze ich gerne diesen Anlass, um zu sagen, dass ich meiner Seele eine sehr ermüdende und schwierige Zimmergymnastik auferlegt habe, um mich so auszudrücken, ja um so zu denken, wie ich mich ausgedrückt und wie ich gedacht haben würde, wenn es mir gelungen wäre, mich von dem Fürsten Bismarck in stiller Wehmuth zu trennen, wie manche Andere vor mir und nach mir, — anstatt in so gespannte Beziehungen zu ihm zu treten, wie sie zu meinem Bedauern bestehen. Es ist, glaube ich, keine Indiscretion und keine vorschnelle Behauptung, wenn ich als sicher bezeichne, dass der Fürst Bismarck die Bemühungen derer nicht gefördert hat, welche wünschten, den gewaltsamen Manifestationen nervöser Erregungen vorzubeugen, in Folge deren ich seit vier Jahren heimatlos, von Ort zu Ort wandernd, in der Verbannung lebe. Ich würde zu übertreiben scheinen, wenn ich alles Ungemach erzählen wollte, welches in dieser Zeit über mich gekommen ist. Jedes Mitglied meiner Familie ist auf irgend welche Weise in Mitleidenschaft gezogen worden.

Alle diese Uebel mögen untrennbar sein von der Verbannung, welche von Allen, die sie erduldet haben, stets als das grösste Unglück erkannt worden ist, welches denjenigen begegnen kann, die ihr Vaterland lieben.

Ich würde aber die Unannehmlichkeiten meines Zustandes muthwillig vermehren und in eine unerträgliche Abhängigkeit von dem Fürsten Bismarck gerathen, wenn ich mich für verpflichtet halten, oder mich verleiten lassen wollte, in allen Dingen, welche die Welt beschäftigen, eine Meinung zu haben, welche derjenigen des Reichskanzlers entgegengesetzt ist. Ich nehme vielmehr das Recht in Anspruch, in vielen Dingen seiner Meinung zu sein und mich demgemäss zu äussern.

Auf der anderen Seite bin ich, da die Natur unserer Beziehungen mich vom Stillschweigen dispensirt, natürlich auch berechtigt, meinem Bedauern Worte zu geben, wenn der Herr Reichskanzler manche Dinge anders beurtheilt wie ich.

Ich wünsche also, dass meine Leser meine harmlose Schrift nicht unter dem Eindruck vorgefasster Urtheile lesen möchten.

Es wird mir erlaubt sein, hieran noch einige vorläufige Bemerkungen zur Abwehr zu knüpfen.

Man sagt mir, dass die katholischen Blätter mit Leidenschaftlichkeit über mich hergefallen seien.

Ich bin an diese Sprache gewöhnt und ich leide darunter, weil der katholischen Kirche aus derselben schon so viele Unannehmlichkeiten erwachsen sind, ohne dass ihren Widersachern damit geschadet worden wäre. Das thut mir leid, denn ich bewundere und liebe die katholische Kirche und weiss was die Menschheit ihr schuldig ist.

Wenn die katholische Kirche heute liquidiren wollte, so würde ihr „Haben" das „Soll" um den Werth von Welten übersteigen. Indessen ist die von Rom aus regierte Kirchengemeinschaft immer mehr „Römisch" oder „Vaticanisch", immer weniger „katholisch" geworden.

Zuletzt hat sie, indem sie sich auf immer engerem Boden localisiren liess, einen Halbgott-Mitregenten unterworfen, der nun der Mittler sein soll zwischen Gott und der Menschenseele.

Auch jetzt noch steht es uns nicht zu, unsere Brüder zu verfolgen und zu richten, welche in dem in Rom entsprungenen Irrthum die Quelle ihres Seelenheils zu finden glauben.

In unseres Vaters Hause sind viele Wohnungen und wir können nicht ermessen, ob es nicht nothwendig ist, dass einigen Menschen das lebendige Wasser durch Canäle zugeführt wird, die wir für unrein halten.

Unter einen ganz anderen Gesichtspunkt aber fallen die Beziehungen des Königs, (oder wenn man es lieber hört, des „Staates") zum Pabst.

Der König ist in Beziehung auf viele Dinge genöthigt, zu dulden, was er nicht ändern kann, aber er darf nie befördern und unter seinen Schutz nehmen, was im Widerspruch steht mit seinen innersten Ueberzeugungen.

In dieser Lage befindet sich das Pabstthum, dessen ganze Thätigkeit sich ausserdem noch darauf richtet, die Grundlagen des preussischen Königthums zu untergraben. Darum, wenn ich sehe, dass der liebenswürdige Monsignor Aloysi Masella, den ich persönlich werthschätze, sich zu uns bemüht, um die Grundlagen für einen „dauernden Frieden" zu suchen, so kann ich nicht umhin, mich daran zu erinnern, dass ein Mal ein „dauernder Friede" auf folgender Grundlage geschlossen werden sollte: „Diese Macht will ich Dir alle geben und ihre Herrlichkeit, denn sie ist mir übergeben, und ich gebe sie, welchem ich will. So Du mich willst anbeten, so soll Alles Dein sein."

Trotz alle dem, wenn ich gegen die katholische Religions-Gesellschaft zu sprechen scheine, so spreche ich nur gegen den vaticanischen Papalismus, welcher uns mit der Behauptung auf den Leib rückt, vom Vater des Lichts, dem Geber aller guten Gabe, auf die Erde gesandt zu sein, um uns zu erziehen und zu beherrschen.

Es würde mir weh thun, mehr als ich sagen kann, wenn ich durch meine Ausdrucksweise Katholiken, unter denen ich viele und treue Freunde habe, kränken sollte. Ich würde auch suchen, meine Worte auf die Wagschale zu legen, wäre ich nur der Nothwendigkeit überhoben, von gewissen energischen Redewendungen Kenntniss zu nehmen, an denen die officielle Sprache der vaticanischen Kirche so reich ist.

Wenn Se. Heiligkeit der Pabst Leo XIII. die Gnade haben wollte, die Definitionen des Jesuiten Perrone — sie finden sich in dem von der Kurie eingeführten italienischen Katechismus — zu anathematisiren, welche folgendermassen lauten:

„Die Protestanten sind der Abschaum der Büberei und der Unsittlichkeit in jedem Lande" (also auch in Preussen, wo der mächtige Kaiser der berühmten Deutschen Nation Protestant sein soll), oder „der Protestantismus und die Begünstiger des Protestantismus sind auf dem sittlichen und religiösen Gebiete das, was die Pestkranken auf dem physischen sind."

Wenn Se. Heiligkeit diese Sätze ex cathedra verdammen wollten, so würden wir in Deutschland vielleicht anfangen, darüber nachzudenken, ob nicht dennoch mit der: „Roma semper eadem!" ein Bund zu flechten ist.

Bis dahin ist es vielleicht besser, dass wir nicht mit einander sprechen. — Wir verstehen uns nicht — oder vielmehr: ich verstehe Euch! — Wir gebrauchen dieselben Worte, aber wir hüllen unversöhnliche Begriffe in denselben Schall.

Das schadet auch nichts.

Der Pabst braucht uns, wir nicht den Pabst.

Man hat mich beschuldigt, ein arcanum empfehlen zu wollen, welches die schwere Krankheit heilen soll, die uns befallen hat.

Gott bewahre mich vor solcher Vermessenheit. Ich weiss aus Erfahrung, dass es unheilbare Krankheiten gibt, aber ich weiss auch, dass es möglich ist, mit der unheilbaren Krankheit ein erträgliches Leben zu führen, wenn man darauf bedacht ist, seinen Organismus unter den Einfluss eines harmonischen Regime zu stellen, der ihn widerstandsfähiger macht.

Dieses Grundprincip der modernen Heilkunst hat der Kulturkampf verleugnet. — Durch eine Politik, die man „Realpolitik" nennt, welche aber eigentlich: „phantastische Gewaltpolitik" heissen sollte, — hat man die unter dem Einfluss Roms gestörte Harmonie vernichtet.

seits für die Regierung ein Mittel, die delicaten Verhältnisse zwischen dem evangelischen König und seinen katholischen Unterthanen unter Controle einer wohlwollenden Mitwirkung der Curie vor störenden Krisen zu bewahren.

Die bei jeder Gelegenheit zur Schau getragene und sehr aufrichtig gemeinte Deferenz für das Oberhaupt der römischen Kirche schien aber auch geeignet, den nichtpreussischen Katholiken in Deutschland zu beweisen, dass sie von der politischen Einigung der deutschen Staaten unter preussischer Führung für ihre Kirche nichts zu fürchten haben würden.

Endlich aber konnte der Pabst von dem Wohlwollen des Königs für das Pabstthum durch die Anwesenheit eines preussischen Gesandten in Rom so weit überzeugt werden, dass er keinen Anlass hätte, im entscheidenden Augenblick seinen Einfluss gegen uns geltend zu machen.

Diese Auffassung hatte, wie zugegeben werden muss, die Logik für sich, denn das Hauptinteresse des Pabstes, wie er auch heissen möge, muss immer sein, von den einstweilen bestehenden, nicht katholischen Regierungen als Pabst anerkannt zu werden.

Das heisst, als ein von jeder Regierung unabhängiger, mit besonderen von Gott verliehenen Vorrechten ausgerüsteter, allen Kaisern und Königen in Bezug auf Ursprung und Umfang seiner Autorität überlegener Souverain, dem Kraft jener Autorität Mitregierungsrechte in den Einzelstaaten zustehen. — Der Anspruch, welchen der Pabst erhebt, als Träger eines von Gott selbst geoffenbarten Princips, auch von denjenigen Fürsten anerkannt zu werden, für welche eben jenes Princip nichts Anders sein darf, als eine theokratische Erfindung, so ehrfurchtgebietend auch die Person des Trägers sein mag, ist in der That eine der stärksten Zumuthungen, welche an die Akkomodationsfähigkeit der Staatslenker gestellt werden können. — Es ist gar nicht zu bestreiten, dass ein evangelischer König von lebhafter religiöser Ueberzeugung, den Pabst als einen von Gott ihm beigegebenen Mitregenten in seinem Lande nur anerkennen kann, wenn er vermag, sich und seine Persönlichkeit mit Selbstverleugnung bei Seite zu stellen, und sich in die Seele Anderer, gerade bei Behandlung von Fragen zu versetzen, wo die eigene Persönlichkeit auf das Tiefste berührt und das Gewissen in eine peinliche Alternative versetzt wird.

Die preussischen Könige, in pflichttreuer Ausübung ihres landesväterlichen Berufs, haben dies vermocht.

Je mehr das wesentlich protestantische Preussen katholische Unterthanen in sich aufnahm, desto mehr wandten die Könige ihre Sorgfalt der Aufgabe zu, den religiösen und kirchlichen Besitzstand der Katholiken zu sichern oder wieder herzustellen. — Die Reconstruirung des ganz zerstörten Organismus der katholischen Kirche in den nach 1815 erworbenen Provinzen war der wichtigste Theil dieser Aufgabe. — Sie hätte durch einen Akt innerer Gesetzgebung gelöst werden können, ohne mit dem Pabste darüber zu unterhandeln. — Leider wurde vorgezogen mit Rom darüber eine Vereinbarung zu treffen, und so dem Grundgesetze der katholischen Kirche in Preussen, der Bulle de salute animarum, einen völkerrechtlichen Charakter zu geben, während es richtig gewesen wäre, dasselbe als ein

Produkt der inneren Gesetzgebung unter die Gesetze oder in die Verfassung des Landes aufzunehmen.

Seitdem ist die Praxis, direkt mit Rom auf diplomatischem Wege über innere preussische Fragen zu verhandeln, zum Grundsatze erhoben worden. —

Die Fiktion, dass die preussische Gesandtschaft in Rom bei dem König des Kirchenstaates, nicht bei dem Oberhaupte der katholischen Kirche in Preussen accreditirt sei, hatte keine Bedeutung gegenüber der Wirklichkeit.

Freilich war die preussische Gesandtschaft nicht blos dazu berufen, mit der Kurie über kirchliche Fragen zu unterhandeln, sondern sie sollte auch eine Controle über den Verkehr der preussischen Bischöfe mit dem Pabste führen. Denn bis zum Jahre 1840 glaubte man noch an die Möglichkeit und Zweckmässigkeit politischer und polizeilicher Beaufsichtigung eines solchen Verkehrs.

Nach der Thronbesteigung Friedrich Wilhelms IV. war hiervon nicht mehr die Rede. Sowohl die persönlichen Anschauungen des Königs, als die Bestimmungen der Verfassung dienten dazu, das Princip durchzuführen, dass der König von Preussen und der Pabst zwei gleichstehende Faktoren in Bezug auf gewisse Fragen innerer preussischer Politik seien, so dass der König in vielen Dingen von der Einwilligung des Pabstes abhing und auf seinen Beistand angewiesen war. In der Akkomodationsfähigkeit ging man so weit, zu vergessen, dass die Durchführung der römischen Principien innerhalb des preussischen Staates und das Bestreben alle Gegensätze zu ignoriren, welche

Rom mit Leidenschaftlichkeit zu betonen fortfuhr,*) die evangelische Kirche um den Rest der Autorität bringen musste, welchen sie aus der niederdrückenden Gewohnheit der Abhängigkeit zu retten vermocht hatte.

Sei dem, wie ihm wolle.

Durch die Politik, welche die preussische Regierung der Kurie gegenüber befolgte, war ein grosses Interesse gesichert. Nemlich das Interesse des Pabstes, seine Ansprüche von Preussen als Rechte anerkannt zu sehen. — Er war dadurch in eine so vortheilhafte Situation gekommen, dass er wie in einer Festung, erfüllt von dem Glauben an die Ewigkeit des Pabstthums, mit Gemüthsruhe den Zeitpunkt abwarten konnte, wo der längst nicht mehr offensive Protestantismus auch auf die Defensive verzichten werde.

Wenn die Protestanten in Preussen, ja wenn der König selbst, seinem Glauben treu bleibend, auch noch fortfuhren, den Pabst als einen Usurpator göttlicher Rechte anzusehen, was konnte es dem Pabste schaden, so lange diese theoretische Beurtheilung seiner Autorität nicht den mindesten Einfluss auf die praktische Politik hatte. — Gingen doch die preussischen Konservativen evangelischer Confession so weit, in die hohle Phrase mit einzustimmen, dass der Pabst der eigentliche Träger der „Legitimität", d. h. der dynastischen Legitimität sei und deswegen be-

---

*) Diese Gegensätze zu betonen, hört der Pabst auch jetzt nicht auf. Vor wenigen Tagen noch hat Leo XIII. in einer Ansprache an die Einwohner des Borgo seine Entrüstung darüber ausgesprochen, dass protestantische Kirchen in Rom geöffnet sind.

sondere Ehrfurcht verdiene, obgleich das direkte Gegentheil — in Theorie und Praxis — wahr ist! Das Pabstthum wurde von derselben Partei häufig unter den Schutz der Sentenz gestellt, dass die „Autorität" nicht geschwächt werden dürfe — als wenn es nicht vor allem darauf ankäme, die „falsche Autorität" zu schwächen und zu zerstören, um die „legitime", auf den organisch entwickelten Grundlagen der Gesellschaft beruhende, Autorität in ihrem Rechte zu schützen.

Die Verhältnisse, welche sich festgestellt hatten, die Auffassungen, welche sich weiter und weiter verbreiteten, waren in hohem Grade für den Pabst und nur für den Pabst vortheilhaft. — Wer den Dingen unparteiisch gegenüberstand, war daher wohl berechtigt darauf zu rechnen, dass der Pabst das „quieta non movere" als Parole der Kurie für den Verkehr mit Preussen ausgeben werde. Ja man brauchte in Berlin nicht besonders sanguinisch zu sein um zu glauben, dass der Pabst keine Gelegenheit vorübergehen lassen würde, um sich die preussische Freundschaft durch Gegenleistungen auf einem Felde zu sichern, wo er es thun konnte, ohne ein Jota von den römischen Principien aufzugeben.

Dennoch hat sich diese Rechnung als falsch erwiesen. Nach jeder Richtung hin ist unser Bemühen überflüssig und fruchtlos gewesen.

Es war überflüssig!

Denn die gerechte und einsichtsvolle Behandlung der katholischen Kirche im eigenen Lande ist unabhängig von der Existenz und der Form diplomatischen Verkehres mit Rom. — Die Stellung derselben könnte wie gesagt in befriedigendster Weise durch die innere Gesetzgebung und eine die tiefsten Bedürfnisse der Menschen aequo pondere abwägende landesväterliche Fürsorge geregelt werden, ohne den Pabst officiell zu Rathe zu ziehen.

Unser Bemühen war aber auch fruchtlos! Wer die diplomatische Correspondenz der letzten 50 Jahre gelesen hat, wird sich dem Eindruck nicht verschliessen können, dass die von Berlin bei vielen Gelegenheiten nachgesuchte Intervention Roms die Beziehungen der Regierung zu den katholischen Unterthanen nicht erleichtert, sondern erschwert hat.

Die Intimität mit Rom hat nicht dahin geführt, vom Pabste Concessionen oder Hülfe in auftauchenden inneren Schwierigkeiten zu erlangen, sondern wir haben Concessionen gemacht und Schwierigkeiten auf uns genommen, um unsere Intimität mit der Kurie oder deren Schein zu retten.

Und was die Hoffnung betrifft, dass diese sorgsam bewahrte Intimität den Pabst veranlassen würde, in den Krisen des letzten Jahrzehnts die Katholiken nicht zu einem principiellen Widerstand gegen die Politik Preussens zu ermuthigen, so gehört in der That ein robuster Glaube an höfliche Gemeinplätze dazu um zu verkennen, dass jene Hoffnung vollständig getäuscht worden ist. Die Traditionen Roms haben die Wünsche des Vaticans auch inmitten der Ereignisse, wo er sich unsern Dank verdienen konnte, auf einen Weg geführt, welcher den unsrigen durchkreuzt.

Die leitenden Personen des Vaticans haben in unsern Ideengang nie eintreten, unsere Sprache nie verstehen können. Nie ist es dem Könige von Preussen gelungen mit dem römischen Pabst ein auf gegenseitige Dienstleistung basirtes Verhältniss herzustellen. — Es muss auch zugegeben werden, dass der Pabst nicht Pabst wäre, wenn er sich unseren Auffassungen anbequemen wollte. — Er würde seinem Berufe untreu werden. — Denn sein Beruf ist, sich die Herrschaft über die Welt zu sichern oder nach ihr zu streben. — Nicht in seinem persönlichen Interesse, sondern im Interesse der Religion und somit der Welt selbst. — Dabei ist das päbstliche System weniger darauf eingerichtet die Herzen und Gewissen der Menschen durch Erneuerung ihrer Sinnesweise zu lenken, als darauf, ein Mechanismus zu sein, durch welchen die Handlungen und die Führung des Menschen von Rom aus regulirt werden. — Indem der Pabst solchergestalt die Menschen auf dem ganzen Erdball zu beherrschen trachtet und dieses Trachten zu seiner obersten Pflicht erhebt, muss er nothwendig in dauerndem Conflict mit den Gewalten leben, welche in einem bestimmten Ausschnitt der Erde gerade denselben Anspruch erheben, den der Pabst erhebt.

Dieser dauernde Conflict muss folgerichtig zu periodischen Eruptionen der bisweilen latenten aber stets vorhandenen Krankheit führen. Am klarsten dort, wo der Widerstand gegen die Herrschaftstendenz des Pabstthums nie auf einzelne bestimmte Fragen beschränkt bleiben kann, sondern sofort in eine Anfechtung der Rechtsbasis übergeht, auf welcher das Pabstthum steht. — Darum hat auch im Vatican nie eine Gesinnung vorgewaltet, welche der Machterweiterung der Hohenzollern auch nur im Entferntesten günstig gewesen wäre. — All unser Werben um Rom war verlorene Liebesmüh.

Die ganz unerhörte Concession, welche der König dem Pabste machte, als er unerachtet der impertinenten Einmischung des Münchener Nuntius in die Wahlverhandlungen des Kölner Domcapitels den schon einmal zurückgewiesenen Melchers als Erzbischof von Köln annahm, die trotz der Warnung des Königs Leopold erfolgte Zulassung des päbstlichen Nuntius als Erzbischof von Posen, die bei jeder Gelegenheit an den Tag gelegte Bereitwilligkeit dem Pabste nützlich zu sein, hatten in der Zeit, wo Preussen im Begriffe stand der Erfüllung seiner politischen Aufgabe näher zu treten, keinen Einfluss auf die Gesinnungen des Pabstes und des päbstlichen Hofes.

Schon im Jahre 1865 bezeichneten die Insassen des Vaticans den Herrn von Bismarck ipsissimus verbis als die Incarnation des Teufels. Und doch hatte man in Rom damals gar keinen Grund ihn als einen Mann anzusehen, der dem Pabstthum abgeneigt und folglich ein Verbündeter des Teufels, wenn nicht der Zwietrachtbringer selber sei. Der obbesagte Vorwurf der Teufelei stützte sich somit zu jener Zeit lediglich darauf, dass der Herr von Bismarck sich anschickte erfolgreiche preussische Politik zu machen. Daraus folgt dann weiter, dass die ausschliesslich von preussenfeindlichen Einflüssen beherrschten vaticanischen Empfindungen sich durch keine diplomatische Verbindlichkeit aus den Bahnen hatten drängen lassen, auf welchen sie von Anfang her durch ihre Instincte festgehalten worden sind.

Ueber diese Lage der Dinge ist man sich in Berlin von 1866 bis 1870 sehr langsam klar geworden. Es ist unnöthig zu läugnen, dass der Cardinal Antonelli, dessen vielgerühmte staatsmännische Befähigung im Grunde nie mehr gewesen ist, als eine Erfindung der Diplomaten, namentlich aber der österreichischen Botschaft, in der Schlacht von Königgrätz das Ende der Welt — d. h. Roms — sah. Wie hätte er Sympathien für Preussen haben können. Damals ist allerdings der Gedanke, einen päbstlichen Legaten nach Nikolsburg oder nach Berlin zu schicken, von Neuem in Erwägung gezogen, auch die Verlegung der Nuntiatur von München nach Berlin ist besprochen worden. Die Frage wegen der Nuntiatur in Berlin hat, es sei hier beiläufig bemerkt, eine eigenthümliche wechselvolle Geschichte. Friedrich der Grosse empfing einen Abgesandten des Pabstes Lambertini in der Person des Msgr. Archinto, der aber nicht Nuntius bei ihm war. — Er selbst hatte keine Gesandtschaft in Rom. Ein untergeordneter Agent — der Abbate Ciofani — den man in Berlin pompös den „Abt" Ciofani nannte, besorgte die preussischen Geschäfte. Bei Gelegenheit der Unterhandlungen über die Bulle de salute animarum, kam auch die Frage zur Sprache, ob ein Nuntius in Berlin residiren solle. — Friedrich Wilhelm der Dritte wies den Gedanken daran mit Entrüstung zurück. — Man ist dann häufig in Rom auf denselben zurückgekommen, ist aber bis in die neueste Zeit stets auf principiellen Widerstand und traditionelle Abneigung gestossen. — Die Kurie hatte dabei natürlich nur ihr Interesse im Auge. Wenn ein Nuntius in Berlin angenommen wurde, so lag darin eine noch deutlichere Anerkennung der römischen Mitsouverainität in Preussen. Es war aber eine für die Berliner Staatsleitung sehr bedenkliche Sache. Selbst in katholischen Residenzen ist ein Nuntius nicht immer bequem. Aber eine katholische Regierung steht dem

Nuntius gegenüber freier da, als die evangelische Regierung Preussens. — Der Kaiser von Oesterreich und der Kaiser, König oder Präsident von Frankreich haben mehr Gewalt über die Bischöfe und mehr Theil an der Kirchenregierung als der König von Preussen oder der deutsche Kaiser. — Sie können eventuell dem Nuntius die Thüre weisen, wenn er sich um Dinge kümmert, die ihn nichts angehen. — Wenn der evangelische Kaiser in Deutschland sich erlauben wollte, so mit ihm zu verfahren, würden sogleich Jeremiaden ohne Ende gehört werden. Andererseits war auch eine Nuntiatur vielen deutschen Bischöfen gar nicht angenehm. — Dennoch liess sich für die Zulassung eines Nuntius vieles sagen, wenn man die Frage lediglich unter dem geschäftlichen Gesichtspunkt betrachtete. Man war in Berlin einmal dahin gekommen, den Pabst als einen auswärtigen Souverain zu behandeln, obwohl man mit ihm über gar keine Fragen auswärtiger Politik, sondern ausschliesslich über Fragen der inneren „preussischen Verwaltung und Gesetzgebung" zu sprechen hatte. Die Annahme einer Nuntiatur war die richtige Consequenz dieser Inconsequenz und empfahl sich aus Gründen, auf welche wir später noch zurückkommen werden. — Nach dem Jahre 1866 bestand die Abneigung gegen die Nuntiatur nur noch bei Hofe. — Aber nun hatte der Pabst keine rechte Lust mehr dazu.

Der verstorbene Cardinal Franchi — Faiseur im besten Sinne — wünschte im Jahre 1866 dringend den Pabst zur Absendung eines Legaten zu bewegen. — Er sah von seinem Standpunkte sehr klar in die Verhältnisse. Ihm schien, dass in den Erwerbungen, welche Preussen in äusserster Ausdehnung des Eroberungsrechtes gemacht hatte, fast an allen Höfen ein Grund gefunden werden würde, die preussische Politik eine revolutionäre Politik zu nennen. Er glaubte ferner, dass dem König von Preussen unerwünscht sein würde, seine Regierung der Kleptomanie beschuldigen zu hören. In dieser Situation sah er eine Gelegenheit, dem Berliner Hofe Dienste erweisen zu können. „Wir", so argumentirte er, „sind die Träger der ewigen Principien der Ordnung und des göttlichen Rechtes und gelten dafür. Wenn wir uns mit Feierlichkeit dem Berliner Hofe nähern um dem König ohne Rückhalt unsere Genugthuung über seine Erfolge auszudrücken, welche zum Heile der Kirche dienen werden, so wird das Geschrei über revolutionäre Politik aufhören. — Man wird uns in Berlin dankbar dafür sein. — Wo sollen wir Verbündete finden, um den Gefahren zu begegnen, die uns drohen. — Oesterreich kann uns nichts nützen. — Frankreich will es nur nach Abzug starker Provision. Also suchen wir Anlehnung, wo wir sicher sind, sie zu finden, an das breitschulterige und zuverlässige Preussen".

Die Ideen Franchi's fanden indessen keinen Widerhall. Man wollte im Vatican an entscheidender Stelle nichts thun, was als eine entschiedene und rückhaltslose Anerkennung der preussischen Suprematie hätte angesehen werden können. Man schämte sich mit uns über die Strasse zu gehen. — Auch kam von Paris eine Abmahnung. Sie wirkte entscheidend, und man war froh, irgend einen Vorwand zu finden, um die Idee in das Wasser fallen zu lassen.

In Berlin wurde von diesen internis des Vaticans keine Notiz genommen. Der Berliner Hof fuhr fort, dem Papste Ehrerbietung entgegenzutragen. Zu seinem Priesterjubiläum wurde er durch eine ausserordentliche Botschaft beglückwünscht.

II.

Mittlerweile gewann in Rom diejenige Partei mehr und mehr die Oberhand, welche, wie Fürst Bismarck in einem Schreiben an den Fürsten Hohenlohe vom 1. August 1869 treffend sagte, „mit bewusster Entschlossenheit den kirchlichen und politischen Frieden Europas zu stören bestrebt ist, in der fanatischen Ueberzeugung, dass die allgemeinen Leiden, welche aus Zerwürfnissen hervorgehen, das Ansehen der Kirche steigern werden, anknüpfend an die Erfahrungen von 1849 und auf die psychologische Wahrheit fussend, dass die leidende Menschheit die Anlehnung an die Kirche eifriger sucht, als die irdisch befriedigte".

Unter dem Einflusse dieser Partei hatte der von mystischen Hallucinationen beherrschte neunte Pius beschlossen, das vaticanische Concil zu berufen.

Er trat dadurch in Widerspruch mit den Traditionen des Pabstthums, welches seinen vornehmlichen Beruf nie darin gesehen hat, über dogmatische Spitzfindigkeiten eine principielle Entscheidung herbeizuführen, sondern darin, die päbstliche Regierungsmaschine in lebendiger Fortentwicklung ihrer Organe fester zu gestalten und in stets weiteren Kreisen auf die Welt wirken zu lassen.

Die Jesuiten hatten aber beschlossen, den Pabst zu einem Experiment zu benützen, an welchem sie ihre Kraft erproben und zeigen wollten. Diese Kraft sollte dann in nie rastendem Bemühen gegen die ausserhalb ihres Bannes stehende Welt in Bewegung gesetzt werden, um sie in den Rahmen hineinzuzwängen, in welchen die jesuitische Herrschsucht die Menschheit spannen zu können und spannen zu müssen glaubt, um eine Theokratie aufzurichten, wie sie dem Willen Gottes entspricht, den Gott ausser dem Pabste Niemand anvertraut hat. Es versteht sich von selbst, dass für das evangelische Deutschland in diesem Rahmen kein Platz ist.

Man hat gesagt, und es wird häufig wiederholt, dass die preussische Regierung die Wichtigkeit der Concilsvorlagen überschätzt habe.

Was zunächst die preussische Regierung betrifft, so ist es nicht richtig, dass sie sich für oder gegen die Lehre von der Infallibilität besonders erhitzt hatte. Sie hat die Frage im Gegentheil nicht ernst genug genommen. Es könnte einem Protestanten an und für sich gleichgiltig sein, ob der Pabst für infallibel erklärt wird, oder das Concil. Für ihn ist weder Pabst noch Concil, noch Pabst mit Concil infallibel. — Für eine gewissenhafte Regierung ist es aber dennoch nicht gleichgiltig, ob alle die Lehren der grossen Päbste, Gregors, Bonifacius des Achten, Innocenz des Dritten etc. nachträglich auch für Dogmen erklärt werden.

Bei weitem wichtiger noch sind die Aenderungen in der Constitution der Kirche, welche der Pabst verlangte. Es handelt sich dabei zunächst nicht um Uebergriffe in die Machtsphäre des Staates, sondern um Eingriffe in die Rechte des Episkopates.

Indessen, wenn der Episkopat in die Hände des Pabstes abdankte, wie der Pabst es wollte, und wie es in der That geschehen ist, so war die nothwendige Folge, dass die preussische Regierung und die preussische Politik immer häufiger dem Pabste und seinem directen übergreifenden Wirken innerhalb Preussens begegnen würden. — Wenn es nun feststeht, dass das Pabstthum, insoferne es überhaupt ein politischer Factor ist, seine Thätigkeit darauf richten muss, die Elemente der Macht zu bekämpfen, auf denen die preussische Hegemonie beruht, so werden „Begegnungen" mit dem Papste und seinen Agenten mehr und mehr zu „Reibungen" werden, unter denen dann wieder der politische und kirchliche Friede Europas leiden muss, wie der Fürst Bismarck sich in seinem oben erwähnten Briefe ausdrückt.

Solchen leicht vorauszusehenden Uebeln vorzubeugen, war unstreitig die Pflicht der Regierung. Sie durfte nicht unterlassen, den Papst darauf aufmerksam zu machen, wohin die römischen Kraftübungen führen würden. Wenn man in Rom sich bewegen liess, an dem befriedigenden Status quo nichts zu ändern, wenn man sich davon abhalten liess, alle Regierungen und alle Welt einigen fanatisirten Schreiern zu Liebe herauszufordern, so hätten die bestehenden Zustände sich noch durch Jahrhunderte friedlich fortentwickeln und modificiren können. Wenn man aber in Rom darauf beharrte, ohne irgend welche Rücksicht auf die weltlichen Regierungen die Grenzen zwischen Staat und Kirche unsicher zu machen, so trat auf diesem Felde das „Unberechenbare" an erster Stelle in den Kreis der Imponderabilien, welche den Gang der Weltgeschichte bestimmen. Ein Thor genügt, um einen Stein in das Wasser zu werfen. Hundert kluge Männer vermögen nicht, ihn wieder herauszufischen. Doch ist dies nicht Alles.

Die persönlichen Empfindungen eines evangelischen mächtigen Souveräns und seiner Regierung mussten in hohem Masse erregt werden, wenn unter dem Schutze der Verträge und der Gesetze dem Volke in Kirche und Schule Lehren vorgetragen werden sollten, welche bis dahin von einem grossen Theile katholischer Geistlichkeit für Irrthum, vom katholischen Volke für gleichgültig, von den Evangelischen als blasphematorische Erfindung und von fast allen deutschen und österreichischen Bischöfen als mindestens sehr gefährlich angesehen worden waren.

Dazu kam noch eine Wahrnehmung, welche nicht ohne Einfluss auf die Haltung der Regierung bleiben konnte. Die Methode, welche angewandt wurde, um die deutschen Bischöfe zum Nachgeben zu bewegen, war bekannt. Das Nationalgefühl wurde verletzt dadurch, dass die Repräsentanten der deutschen Nation in ihrem Gewissen vergewaltigt werden sollten. Und wer waren die Vergewaltiger? Bischöfe ohne Diöcesen, meist Italiener, oder Bischöfe mit Diöcesen, deren Namen unbekannt, deren Ausdehnung mikroskopisch war. — Alle diese, geleitet von den bekanntesten Galopins der französischen Fanatiker jeden Geschlechtes und zum Theil beeinflusst von einer hohen Stelle, von welcher aus auch den oppositionellen Bestrebungen gewisser französischer Bischöfe durch persönliche Intervention Halt geboten wurde, da die von jener

Stelle heraufbeschworene „petite guerre" doch auch ein katholischer Krieg sein sollte.

Allem diesem Wirken gegenüber, welches in letzterer Analyse gegen die Weltordnung gerichtet war, welche in Berlin ihren Mittelpunkt hatte, konnte der Berliner Hof nicht gleichgültig zusehen. Dem römischen plus ultra gegenüber hatte das protestantische non possumus seine volle Berechtigung.

Dieses non possumus wurde in denkbar mildester Form mittelst des mehrfach abgedruckten Schreibens des norddeutschen Gesandten ausgesprochen, welches hier unten der Uebersichtlichkeit wegen noch einmal mitgetheilt wird. *)

Rome, le 23 Avril 1870.

*) Monseigneur;

Le gouvernement Impérial de France nous a donné connaissance du memorandum relatif au Concile, que Sa Sainteté a daigné recevoir des mains de l'Ambassadeur de France.

Le cabinet des Tuileries ayant demandé au gouvernement de la Confédération de l'Allemagne du Nord, d'appuyer les observations qu'il vient de soumettre au Saint Père comme Président du Concile, nous n'avons pu hésiter à nous associer à une démarche, considérée comme opportune, comme urgente même, par beaucoup de catholiques désireux de voir aboutir les délibérations du Concile à une oeuvre de paix religieuse et sociale.

En effet, le gouvernement de la Confédération, témoin de l'agitation profonde qui règne au sein de l'Eglise en Allemagne, manquerait à ses devoirs, s'il ne voulait pas constater l'identité des appréciations développées dans la pièce française avec les graves préoccupations, qui en Allemagne se sont emparés des esprits, effrayés à l'idee que des résolutions conciliaires prises

Es ist bekannt, dass dies Schreiben sowohl, sowie die Abmachungen anderer Regierungen nicht den mindesten Einfluss auf das turbulente Wirken der kriegslustigen Partei gehabt hat.

en dépit de l'avis presque unanime de l'Episcopat Allemand, ne puissent créer des situations pénibles en imposant aux consciences des luttes sans issue.

Ce n'est pas tout. Il est de notoriété publique que les Evêques Allemands — qui à nos yeux comme aux yeux du Saint Siége sont les représentants légitimes des catholiques allemands, pas plus que l'Episcopat de l'Empire Austro-Hongrois n'ont pu s'approprier les vues qui paraissent dominer au Concile.

Par des documents publiés aux journaux et dont l'authenticité n'a jamais été contestée, nos Evêques ont rempli le devoir, de signaler d'avance les déplorables résultats qui seraient à craindre si l'autorité suprême de l'Eglise et la majorité du Concile voulaient, sans tenir compte des votes contraires d'une minorité importante, procéder à la proclamation de certains décrets, qui en introduisant sous forme de definitions dogmatiques des modifications profondes dans la délimitation de l'autorité attribuée à chaque degré de l'hierarchie, ne pourraient manquer d'altérer en même temps la position réciproque des pouvoirs civil et ecclésiastique.

De tels décrets loin d'être seulement une menace vague pour l'avenir, semblent plutôt calculés de manière à faire renaître et à entourer d'une nouvelle sanction dogmatique d'anciennes constitutions Pontificales, suffisamment connues et constamment combattues par la société civile de toute époque et de toute nation. Vouloir proclamer ces principes aujourd'hui du haut de la chaire Pontificale, les vouloir soutenir par tous les moyens de persuasion dont l'Eglise dispose, ce serait nous le craignons, jeter le trouble dans l'ensemble des rapports de l'Eglise avec

Unter Donner und Blitz wurde das Concil geschlossen.
— Die aus den heterogensten Elementen zusammengesetzte Majorität wagte es, die dissentirende Minorität zu vergewaltigen. — Der deutsche Episkopat, welcher den

---

l'Etat et amener des crises, dont le gouvernement Pontifical, malgré sa sagesse traditionelle, ne se rend peut-être pas compte, parcequ'il est moins que nous en mesure, de juger la disposition des esprits dans nos pays.

Il y a un point, sur lequel il importe de diriger tout particulièrement l'attention du St. Siége.

En Allemagne les chrétiens catholiques et noncatholiques doivent vivre paiseblement les uns à côté des autres.

Sous l'influence des relations quotidiennes et d'un contact continuel un courant s'est formé, qui sans éffacer les divergences a fini par rapprocher les différentes confessions, de manière à pouvoir espérer qu'un jour on parviendrait à réunir toutes les forces vives du christianisme pour combattre en commun les erreurs dont le monde subit déjà l'influence, au grand détriment des sentiments religieux.

Or-il est à craindre que ce mouvement de rapprochement ne soit violement arrêté si l'événement venait à prouver que les tendances, que nos évêques combattent et contre les quelles l'opinion publique fait valoir tous les arguments qu'elle puise dans le besoin de défendre contre toute atteinte la base de notre existence nationale, devaient l'emporter au concile, jusqu'au point d'être imposées au monde comme règle de foi réligieuse et par conséquent comme règle de conduite politique.

Nos populations — il est impossible de s'y méprendre — y verraient la reprise d'anciennes luttes, parcequ'elles ne pourraient être rassurées par une argumentation qui tendrait à réprésenter la conduite politique des catholiques comme entièrement indépendante de ce qui leur serait enseigné comme devoir religieux.

Muth des Widerstandes nicht besass, ergriff die Flucht, um sich jenseits der Alpen wieder zu gemeinsamen Schritten zu versammeln.

Aber hiezu kam es nicht!

Il n'est pas impossible que le gouvernement de la Confédération, au quel les reproches de ne pas être opposé à temps à ce qu'a tort ou à raison on a appelé les projets de Rome, n'ont pas manqué n'aurait plus en matière religieuse la liberté d'action dont jusqu'à présent il s'est servi dans l'intérêt de l'Eglise catholique.

En soumettant ces observations au Saint Siége nous nous sommes nullement inspirés des idées de ceux que la Cour de Rome considère peut-être comme ses adversaires. Nous n'avons aucun intérêt à affaiblir l'autorité du Souverain Pontife.

C'est comme puissance amie et pour rendre un nouveau service au Saint Siége que nous voudrions par la franchise avec laquelle nous nous exprimons sur les difficultés de notre situation, et sur les dangers d'une crise religieuse contribuer à écarter des déliberations du Concile tout ce qui pourrait compromettre la position généralement satisfaisante de l'Eglise catholique en Allemagne.

Si nous pouvions nous flatter d'avoir coopéré à un tel résultat nous n'en serons pas seulement redevables à la sagesse du St. Siége, mais nous y trouverions un motif de plus pour persévérer dans la ligne de conduite que nous avons toujours suivi dans nos relations avec la Cour de Rome.

Veuillez agréer, Monseigneur, l'assurance réitérée de ma plus haute considération.

(Signé) Arnim.

A Son Eminence
Monseigneur le Cardinal Antonelli
Secrétaire d'Etat de Sa Sainteté.

„Whispering we will never consent, they consented."
Somit war die alte Prätension des römischen Pabstes zum Gesetze der Kirche erhoben.

Wie hat man sich gleich darauf doch so leicht über die Tragweite dieser Thatsache täuschen lassen! Es mag sein, dass durch die vaticanischen Beschlüsse nur eine seit langer Zeit bestandene Praxis sanktionirt wurde. Es ist auch richtig, dass eine lang verfolgte Tendenz häufig in dem Augenblicke anfängt, sich rückwärts zu bewegen, in welchem sie das Resultat ihres consequenten Wirkens in eine Formel gefasst hat.

Aber es ist denn doch etwas Anderes, ob ich meinen Pfarrer durch meinen Garten zur Kirche gehen lasse, ohne Widerspruch zu erheben, oder ob ich mich füge wenn er behauptet, es sei ein **Recht der Pfarre**, meinen Fusssteig zu benützen, ja ihn zwischen zwei Mauern einzuhegen, wie den Weg von Athen zum Piräus, um gelegentlich aus Schiessscharten Hasen in meinem Kohl zu schiessen.

Und was den Satz betrifft, dass eine Praxis sich überlebt hat, wenn sie sich in Lehrsätzen zu formuliren trachtet, so findet derselbe in unserer Zeit und innerhalb der Spanne Zeit, welche wir voraus berechnen zu können meinen, keine Anwendung auf die römische Kirche. — Das „l'état c'est moi" war auch nur eine Formulirung der Praxis, nach welcher Ludwig XI., Richelieu und Louis XIV. regiert hatten. Die Rückbildung der autokratischen Tendenz in Frankreich hat aber mit dem l'état c'est moi nicht begonnen. — Es ist vielmehr die Grundlage aller Regierungssysteme in Frankreich seit Richelieu geblieben und ist heute noch der Boden, auf welchem der Präsident der Republik sich stellen muss, wenn die Milch der frommen Denkart, mit welcher sich jetzt die Franzosen nähren, auf's Neue in gährend Drachengift sich wandeln sollte. — Der Grund davon ist, dass die französischen Könige in ihrem vollständig berechtigten Streben, die Macht der Grossen zu verringern, und in Ausübung der Pflicht, die durch das Edikt von Nantes geschaffenen staatsauflösenden Zustände zu beseitigen, weit über das Ziel hinausgeschossen sind, so dass sie alles zerstört haben, was seine Rechte nicht von der Gnade des Königs herleitet, der seinerseits wieder seine lebendige Persönlichkeit der wesenlosen Abstraktion „Staat" opfert. —

In Folge dessen sind die autonomen Organe, mit welchen die normal entwickelte menschliche Gesellschaft sich selbst erhält, fortbildet und regiert, durch eine Staatsmaschine ersetzt worden, innerhalb deren stets ein einzelner Mann, oder eine ad hoc erzogene Kaste oder eine doktrinäre Coterie bemüht sein wird, die Gesellschaft als ein Objekt ihrer Experimente anzusehen und nach ihren persönlichen Wünschen, Leidenschaften oder Delirien zu behandeln. — Auf diesem Wege ist der Gegensatz zwischen Regierung und Gesellschaft, und die Gewohnheit des Misstrauens entstanden, welche zu periodischen Konflikten führen müssen, in denen schliesslich die desorganisirte Gesellschaft jedesmal der organisirten Maschine erliegt.

In ganz ähnlicher Weise hat sich die römische Kirche entwickelt. — Durch die Reformation des 16. Jahrhunderts, durch die Kriege des 17., 18. und 19. Jahrhunderts sind alle die Elemente, welche innerhalb der Kirche dem römischen Absolutismus widerstanden, der Stützpunkte beraubt worden, welche sie in der Verbindung mit den lebensfähigen Kräften der verschiedenen Nationen hätten finden sollen und — gleichviel durch welches Verschulden — nicht finden konnten.

Sie mussten Anhalt und Hilfe bei dem Pabste suchen, von dem sie sicher wussten, dass er sie nicht im Stiche lassen würde, wenn sie sich ihm gegenüber zu dem sacrifizio dell' intelletto und zum Verzicht auf Unabhängigkeit entschlossen.

So ist der Papocäsarismus entstanden. Eine ideale Abart des Despotismus, aber wie jeder Despotismus ein Bastard des Radikalismus und der ordnungsbedürftigen Reaktion.

In der Trunkenheit erzeugt — im Katzenjammer geboren.

Die neuen vaticanischen Decrete haben dem Despotismus einen Namen gegeben. Durch diesen Namen ist er nicht in das Leben gerufen worden, aber mit demselben setzt er seine Reise um die Welt fort. — Er ist das Mot d'ordre, unter welchem die Mobilmachung in der That erfolgt ist.

Um sich ein richtiges Bild von der Sachlage zu machen, ist es auch nicht überflüssig, zu erwägen, mit welchen activen Kräften die in Rom angesammelte Macht sich zur Geltung bringt. — Es ist vor allen Dingen nöthig, sich klar darüber zu bleiben, dass der Pabst — abgesehen von den ihrem regelmässigen Dienste obliegenden und fast ausnahmslos verehrungswürdigen Bischöfen und Pfarrern — über eine Anzahl von mindestens 10.000, dem geistlichen Stande angehörigen Personen verfügt, welche abgelöst von allen Banden und Sorgen der Familie, keinen anderen Lebenszweck haben können, als die Aufrichtung einer Theokratie, in welcher sie regieren.

Diese 10.000 Personen verfügen unbedingt über mehrere unter ihrer Direction stehende Millionen von nach demselben Schema denkenden, tugendhaften, zum Theil sehr begabten, zum Theil sehr ehrgeizigen, häufig in der Wahl der Mittel rücksichtslosen Männern und leidenschaftlichen Frauen, welche in ihren Kreisen einen geradezu unwiderstehlichen Einfluss üben. — Wer kann annehmen, dass eine solche Armee Jahr aus, Jahr ein täglich im Feuer exercirt wird, ohne dass jemals der Wunsch auftaucht, das System, dem sie dienen, zu verwirklichen? Man muss dann auch glauben können, dass ein Herrscher wie Napoleon oder Carl XII. täglich eine grosse Armee manövriren lässt, um sie nie zu gebrauchen.

Die Infallibilitätserklärung und was daran hängt, ist also nicht eine sterile Formel, welche eine wissenschaftliche Forschung abschliesst, sondern sie ist ein Feldgeschrei, mit welchem der Pabst in den Krieg zieht.

In welchen Krieg?

Er hat es oft genug gesagt. — In den Krieg gegen die moderne Welt — in den Krieg gegen die moderne Civilisation — in den Krieg gegen die evangelische Freiheit — in den Krieg gegen uns.

Denn wir sind die moderne Welt — so krank sie auch sein mag —, wir sind die moderne Civilisation — so brutal wir auch geworden sein mögen —, wir leben von der evangelischen Freiheit, — so verkümmert sie auch sein mag.

Es ist möglich, dass die moderne Welt in Trümmer fällt — es scheint oft, als solle die moderne Civilisation in Barbarei übergehen, und als würde die evangelische Freiheit, zwischen die Massregelung von oben und die Anfechtung von unten gestellt, im Sturme der Zeit verloren werden. — Wenn diese Ueberzeugung in das Volksbewusstsein übergeht, so werden Alle die Reise nach Canossa antreten, welche nicht dem Pessimismus anheimfallen. — Bis dahin aber sollen die starken schwarzweissen Banner und die Standarte des deutschen Kaisers nicht verhüllt bleiben, wenn sie einem feindlichen Heere mit der flatternden Processionsfahne der Jungfrau von Lourdes oder dem Bilde des infalliblen Pius begegnen.

In der That — über die Gefährlichkeit der römischen Lehre und der vaticanischen Tendenzen für das deutsche Reich kann ein Zweifel in deutschen Ländern nicht herrschen.

Die Männer der katholischen, politischen Opposition sagen zwar, dass sie die Besorgnisse nicht verstünden, welche der Neukatholicismus in den Freunden des deutschen Kaiserthums hervorrufe. — Aber sie stellen sich schwerer von Begriff als sie sind. — Sie wissen sehr wohl, dass die römische Lehre, wenn sie nicht blos äusserlich angenommen wird, sondern in succum et sanguinem übergeht, das deutsche Reich zerstören muss. Darum gerade haben die meisten von ihnen die Durchführung der römischen Ansprüche zu einem Theil ihres politischen Programmes gemacht.

Während die Concilsbeschlüsse verkündet wurden, begann der französische Krieg. — Die Aufmerksamkeit wurde von den römischen Vorgängen abgezogen. — Der deutschen Regierung konnte es nicht in den Sinn kommen, sich gleichzeitig mit Frankreich und Rom auseinanderzusetzen. — Die Gelegenheit zu beobachten, dass der Pabst Pius mit seinen Sympathien ganz und voll auf Frankreichs Seite stand, bot sich während des Krieges und nachher.

Der Vermittlungsversuch, zu welchem der Pabst sich im Dezember 1870 entschloss, konnte ein praktisches Resultat nicht haben.

Aber in Versailles war es schwer, sich der Erwägung zu verschliessen, dass der Pabst sich sorgfältig jeder Einmischung enthalten haben würde, wenn Napoleon sich mit der Kaiserin Eugenie in Potsdam befunden und den Einzug in Berlin vorbereitet hätten.

Es war, wie Niemand verkennen kann, ganz natürlich, dass der Pabst sich für Frankreichs Erhaltung mehr interessirte, als er sich für die Rettung Preussens in analogem Falle interessirt haben würde. Denn die Zukunft seiner weltlichen Macht hing mehr oder weniger von Frankreichs Geschicken ab. — Aber weil es so natürlich ist, dass der Pabst, so bald er auf dem politischen Theater erscheint, als unser Gegner auftritt, hängt der Antagonismus zwischen Rom und Berlin nicht von Persönlichkeiten ab. — Er ist unvertilgbar, so lange das Papstthum seinen Anspruch auf Weltherrschaft nicht aufgiebt, was es niemals thun kann, ohne sich selbst abzuschaffen.

Indessen, weder diese Wahrnehmung, noch andere Erfahrungen, welche man in Berlin machen musste, bewogen den Fürsten Bismarck, den Kaiser zu einer Aenderung der traditionell gewordenen Politik dem Vatican gegenüber zu bestimmen.

Der Reichskanzler nahm mit Wärme die Idee auf, das bisherige System noch einmal mit neuen Mitteln zur Geltung zu bringen.

Sie fand in dem Vorschlage, den Cardinalfürsten Hohenlohe zum Botschafter des Kaisers bei dem Pabste zu ernennen, einen überraschenden Ausdruck. — Die liberalen Zeitungen polemisirten dagegen, auch von anderer Seite wurde Widerspruch laut.

Und doch war der Gedanke ein zutreffender und von Erwägungen eingegeben, welche die realen Verhältnisse berücksichtigten.

Die preussische Gesandtschaft in Rom hatte sich — es ist wahr — keiner glänzenden Resultate zu rühmen. Zur Genüge ist in dem Vorstehenden ausgeführt worden, mit welchen feindlichen Elementen sie zu kämpfen hatte. Zu allen Gründen, welche sie ohnmächtig machten, kam aber noch der, dass der preussische Gesandte ein protestantischer Laie war und nach dem Herkommen sein musste.

Dies allein reichte aus, um ihn lahm zu legen. — Die Arcana des Vaticans hat er nie zu kennen oder in seinem Nutzen zu verwenden vermocht. Die Korridore des Vaticans sind so verwirrt und lang, dass nur ein Bewohner oder ein Vertrauter zu sagen vermag, wo der heilige Geist, welcher stets durch sie hinweht, sich gerade versteckt hat. — Dasjenige, was ein protestantischer Laie im Vatican „durchsetzt", kann auch ein Briefbote „durchsetzen". Wer mehr will, muss ein Theil der dort heimischen Kraft sein, von der man wohl sagen kann, dass sie nur das will, was ihr als gut erscheint.

Schon ein katholischer Laie hat Schwierigkeiten — ja vielleicht dieselben.

„Nicht der feinste Lackstiefel", sagt ein geistreicher Prälat, „fühlt seinen Weg in diesem Helldunkel. Dazu gehört der Schuh und die strumpfbekleidete Wade des Cardinals, des Prälaten oder auch des Abbé."

Wenn man sich einmal darüber klar ist, dass mit protestantischen Gesandten im Stiefel nichts auszurichten ist, so liegt der Gedanke nahe, es mit dem Schuh und dem Strumpfe eines Prälaten zu versuchen.

Ein Wagestück war es freilich.

Denn die Befürchtung drängte sich auf, dass derselbe Kirchenfürst, der als Botschafter des Kaisers abreist, sich in Rom in einen Minister des Pabstes verwandeln und Berlin gegenüber allmälig die Stellung eines päbstlichen Nuntius einnehmen werde. — Man wäre dann vielleicht in die unangenehme Lage gekommen, in dem eigenen Botschafter einen Reichsfeind entdecken zu müssen.

Eine Garantie hiegegen konnte man nur in der Person des zu ernennenden Botschafters finden, und als die geeignetste Person dazu erschien zunächst der Cardinal Hohenlohe. — Derselbe nahm die ihm angebotene Stelle bereitwilligst an.

Bedauerlicher Weise verfügte er sich indessen nicht sofort nach Rom, um dem Pabste persönlich zu melden, dass er bestimmt sei, das deutsche Reich zu vertreten. Es ist möglich, dass ihn dann der Pabst ohne Weiteres als Botschafter angenommen haben würde. — Anstatt dessen wurde der Cardinal auf seinen Wunsch schriftlich im Vatican angemeldet und richtete selbst zu diesem Zwecke einen Brief an den Pabst. Seine Heiligkeit theilte den Inhalt des Briefes seinen Höflingen mit, und diese wichtige Sache wurde sofort unter spöttischem Hohngelächter — „Il principino vuol fare il grande!" — der neidischen Anticamera im ablehnenden Sinne entschieden.

Eine ernste geschäftliche Berathung hat überhaupt gar nicht stattgefunden.

Man hat behauptet, dass der Fürst Bismarck mit ganz besonderem Machiavellismus verfahren sei. Er habe voraussehen müssen, dass der Pabst den Cardinal gar nicht als Botschafter annehmen könne, und es sei ihm nur darum zu thun gewesen, den Pabst in das Unrecht zu setzen. — Diese Behauptung widerspricht der Wahrheit.

Es ist nicht richtig, dass der Pabst den Cardinal Hohenlohe nicht hätte als Botschafter annehmen können. Derselbe ist freilich kein deutscher Cardinal, d. h. kein auf Verlangen des deutschen Kaisers zum Cardinal ernannter Bischof oder Prälat, sondern durch die römische Hofcarrière in ornamentum urbis zum Cardinalat gelangt. Diejenigen Cardinäle aber, welche Souveraine in Rom vertreten haben, wie der Cardinal d'Ossat, Bernis u. A. waren Kirchenfürsten, welche nicht aufgehört hatten, Unterthanen ihrer Könige zu sein, was bei dem Cardinal Hohenlohe zweifelhaft sein dürfte. Trotzdem ist das Hervorsuchen dieses Einwandes nichts gewesen, als das Suchen nach einem Vorwande, und man hat Mühe zu glauben, dass der Cardinal Antonelli sich einbilden konnte, Fürst Bismarck werde denselben ernsthaft nehmen. Der Vorschlag war von Berlin in der besten Absicht geschehen. Noch einmal sollte der Versuch gemacht werden, der alten Praxis treu zu bleiben. Freilich war man auch auf die Consequenzen der Ablehnung vorbereitet. — Zwischen dieser Voraussicht und dem auf die Fehler Anderer speculirenden Machiavellismus war aber ein himmelweiter Unterschied.

Von dem ganzen Intermezzo Hohenlohe blieb somit als Residuum nichts als ein neuer Beweis des Uebelwollens der römischen Politik und ein neuer Beweis dafür, dass es verlorene Liebesmüh sei, mit dem Vatican ein Einverständniss über politische Fragen überhaupt nur zu suchen.

Der deutschen Regierung war durch die Unhöflichkeit der Kurie eine grössere Freiheit diplomatischer Bewegung zurückgegeben, als sie je besessen hatte. — Der Fürst Bismarck nahm davon keinen Anlass, die Gesandtschaft zurückzuziehen.

Ein Geschäftsträger blieb zurück und verliess Rom erst, als der Pabst sich gewöhnte, Reden zu halten, welche die Anwesenheit eines bei dem Heiligen Stuhl accreditirten deutschen Diplomaten in Rom unmöglich machten.

III.

Es ist hier der Ort, eines Zwischenfalles zu erwähnen, welcher vor der Hohenlohe'schen Krise sich zutrug, und in der Presse falsche Deutung gefunden hat.

Im Frühjahre 1877 hat die Wiener katholische Zeitung „Vaterland" die Notiz gebracht, dass der Fürst Bismarck vom Pabste die Unterstützung seiner inneren Politik verlangt habe. Erst die Fruchtlosigkeit dieser Bemühung habe den Fürsten Bismarck veranlasst, die gegen den Katholicismus gerichteten Massregeln in Preussen zu treffen.

Das „Vaterland" hat an diese Mittheilung eine Reihe von Artikeln geknüpft, welche beweisen sollten, dass der ganze „Culturkampf" in der politischen Herrschsucht des Reichskanzlers seinen Grund habe. Das „Vaterland" ist gut unterrichtet gewesen. Seine Polemik aber ist von zweifelhaftem Werthe.

Es ist vollständig richtig, dass sich im Frühjahre 1872 Gelegenheit bot, dem Cardinal Antonelli und dem Pabste selbst in vertraulicher Weise eröffnen zu lassen, dass eine befriedigende Verständigung mit der katholischen Kirche möglich sei, sobald die Vertreter derselben aufhören würden, den Polonismus und das Welfenthum zu fördern, dass aber in der Verbindung mit Beiden Feindschaft ohne Hoffnung der Aussöhnung liege. Die deutsche Regierung würde bei der Fortdauer jener Verbindung ihr Verhältniss zur Kirche selbst auf dem Wege der Gesetzgebung regeln.

Man kann Vieles gegen die Logik dieser Eröffnung sagen. — Die Vertreter der Kirche sind nur die Bischöfe. — Schwer wird ihnen nachzuweisen sein, dass die preussischen Bischöfe sich mit dem Polonismus und dem Welfenthume verschworen haben. — Auch ist ein Raisonnement anfechtbar, welches davon ausgeht, dass die Verbindung politischer Parteien unter einer Fahne, welche gleichzeitig die Fahne des Ultramontanismus ist, durch irgend eine Gesetzgebung gehindert werden kann. — Eine politische Constellation kann selten oder nie durch das Strafrecht gehindert oder geschaffen werden. — Für einen solchen Zweck bedarf es eines consequenten, geduldigen politischen „Verhaltens", welches nicht nach einigen Jahren, sondern nach Perioden und Generationen rechnet.

Andererseits ist die Meinung nicht unberechtigt, dass der Fürst Bismarck, indem er den Pabst von den inneren Schwierigkeiten des deutschen Reiches unterhielt, den päbstlichen Ansprüchen eine viel zu weit gehende Concession gemacht habe. Er hatte ihn gewissermassen zum Mitregieren eingeladen. — Allein dies stand im vollständigen Einklange mit der bis dahin geübten Politik. — Man hatte sich einmal an den irrigen Gedanken gewöhnt, bei dem Pabste ein grösseres Quantum von Weisheit vorauszusetzen, als bei den eigenen Katholiken und gefiel sich in der Vorstellung, dass unsere Ansichten über Weisheit mit denjenigen des Pabstes zusammenfielen. „Wir können nicht glauben, dass der römische Stuhl sich der Erkenntniss verschliessen wird..." war eine der stereotypen Formeln, die in allen Mittheilungen des auswärtigen Amtes an die preussische Gesandtschaft in Rom wiederholt wurde, obwohl der römische Stuhl sich regelmässig jeder Erkenntniss verschloss. Aber die Tradition hatte sich nun einmal im Widerspruch mit den Thatsachen nach dem Bilde festgestellt, welches die Berliner Staatsweisen aus der Tiefe ihres sittlichen Bewusstseins construirt hatten. — Von diesem im auswärtigen Amte vorgefundenen Bilde wurde auch der Fürst Bismarck irre geführt und Niemand kann billiger Weise ihm einen Vorwurf daraus machen. — Hat doch auch Lord Palmerston seiner Zeit schon freundschaftliche Mitwirkung des Pabstes gesucht.

Unter allen Umständen aber ist die vom Wiener „Vaterland" vertretene Partei am wenigsten berechtigt, dem Reichskanzler einen Vorwurf aus seinem damaligen Zwiegespräch mit Rom zu machen. — Denn wenn der

Cardinal Antonelli die ihm gemachten Eröffnungen zu benutzen verstanden hätte, würde höchst wahrscheinlich das „Vaterland" ein Motiv weniger haben, das Preussenthum für eine satanische Missgeburt zu halten.

Es ist dem Cardinal Antonelli damals mit grösster Offenheit gesagt worden, dass seit der Gründung des deutschen Reiches kein Zweifel darüber mehr möglich sei, dass es eine Partei in Deutschland gäbe, welche auf den Umsturz der jetzt bestehenden politischen Gestaltung Deutschlands sinne. Diese Partei sei diejenige, welche sich die „katholische" nenne und durch einige ihm, dem Cardinal, so gut wie der kaiserlichen Regierung bekannte Personen in directer Verbindung mit Rom stände. Diese Partei berufe sich auf Rom, werde von Rom nicht desavouirt und werfe sich auf zum Beschützer religiöser Interessen. — Die Regierung suche vergebens nach ihrer Berechtigung zu solchem Anspruch. — Wenn sich im englischen Parlament eine Partei mit ähnlichen Prätensionen bilden wollte, würde Niemand ein Verständniss dafür haben. Und doch nähme die englische Regierung weder vom Pabste Notiz, noch lege sie irgend welche Fürsorge für die katholische Kirche an den Tag.

Vergeblich erwarte die kaiserliche Regierung den Nachweis, dass an irgend einem Punkte die Rechte der katholischen Kirche gekränkt seien, und doch wachse die Leidenschaftlichkeit der Führer von einem Tage zum anderen.

Wenn die katholische Partei sich mit Unrecht auf Rom berufe — nun so möge man sie in dieser Beziehung desavouiren. — „Ihr müsst den Muth haben diejenigen

Eurer Freunde zu verleugnen, welche unsere leidenschaftlichsten Feinde sind."

Nun sage man in Rom, dass der Pabst sich nicht in den Parteikampf mischen könne. — Warum aber empfahl denn der heilige Vater den Gläubigen bei Gelegenheit der Discussion über die Petition der französischen Bischöfe gleichzeitig für die französische Nationalversammlung und für die deutschen Katholiken zu beten? „Wo sind die deutschen Katholiken, welche sich in einem solchen Leidenszustand befinden, dass es nöthig ist die Gläubigen zu Gebeten für sie aufzufordern. Ihr sagt, dass ihr euch in die Angelegenheiten der Presse nicht mischen könnt. Aber der Pabst richtet täglich Ermuthigungsbriefe an die Redacteure der wilden Zeitungen, wo wir leidenschaftlich angegriffen werden."

Es scheint nicht, dass der Cardinal Antonelli diese ohne Zweifel sehr wohlgemeinten und in freundschaftlichstem Tone gehaltenen Vorstellungen mit richtiger Erkenntniss der Sachlage entgegengenommen hat.

Auf die Bemerkungen über die Presse erwiederte er, die Presse sei unter allen Umständen schlecht. Rom könne dagegen nichts thun, wenn die Regierungen nicht alle anderen Zeitungen massregelten.

Alles lief hinaus auf Gemeinplätze, über welche Leute von conservativer Gesinnung immer einverstanden sind, so lange sie sich nicht klar werden, dass sie unter denselben Worten ganz verschiedene Dinge verstehen, auf Umgehen der Punkte, auf die es ankommt, und sich taub stellen.

Es verlohnt sich wohl der Mühe, darüber nachzudenken, wie gross der Fehler war, welchen der Cardinal bei dieser Gelegenheit machte. Nichts konnte günstiger für Rom sein, als die an ihn in freundschaftlichster Form gerichtete Bitte, einen beruhigenden Einfluss auf die deutschen Ultramontanen zu üben. Zweifelhaft ist freilich, ob der Pabst vermochte auf die Katholiken in Deutschland in der gewünschten Weise mit Erfolg einzuwirken. Denn auch die absolute Macht der allerseits anerkannten Dictatur kann sich nur so lange geltend machen, als sie die Principien vertritt und verficht, als deren Träger sie zur Macht gekommen ist. Sich seinen Anhängern entziehen zu können, ist eine der schwierigsten Aufgaben der staatsmännischen Geschicklichkeit. Die Allianz zwischen dem Pabstthum und den Parteien, welche dem deutschen Reiche widerstrebten, beruht auf Gegenseitigkeit. Sobald der Pabst die „reichsfeindlichen Parteien" im Stiche lässt, werden sie seiner weniger warm gedenk sein. — Der Peterspfennig würde spärlicher eingehen und daran hat man zu jener Zeit in Rom sich erinnert.

Immerhin aber war es damals die Pflicht des Cardinals de ménager la chévre et le choux. Es war nicht allzu schwer, das Vertrauen des Berliner Hofes zu gewinnen.

Wer kann ermessen, was geschehen sein würde, wenn der Pabst, die ohne Arglist angebotene Gelegenheit ergreifend, unter dem Vorwande, die Sachlage in der Nähe prüfen zu wollen, einen bedeutenden Mann, z. B. den Cardinal Pecci nach Berlin geschickt hätte. — Wäre es ihm nicht vielleicht gelungen, das beginnende Feuer im ersten Auflodern zu löschen?

Dafür, dass in jener Zeit nichts geschehen ist, um der mit grösster Deutlichkeit vorausgesehenen und bei manchem Anlass vorausgesagten Krisis vorzubeugen, ist allein der Vatican, nicht das Berliner Cabinet verantwortlich. — Die Ausflüchte, mit denen der Cardinal allen Beschwerden zu begegnen hoffte, machten klarer und klarer, dass mit dem vaticanischen Pabstthum kein Friede möglich, ja das er kaum wünschenswerth ist. In Berlin konnte man nicht ohne Empfindlichkeit wahrnehmen, dass Rom fortfuhr, durch Ignoriren von Thatsachen mit simulirter Indolenz die Verantwortlichkeit für Zustände von sich abzulehnen, welche nur auf Roms Wunsch oder durch Roms Einfluss herbeigeführt waren und nur für Rom Nutzen haben können.

Denn Fürst Bismarck sah sich unter diesen Umständen auf einen Weg gedrängt, dessen Betreten immerhin ein Wagniss blieb, weil es so leicht war, sich über Richtung und Ziel zu täuschen. Ausser ihm aber hatte Niemand die nöthige Fülle innerer und äusserer Mittel, die Schwierigkeiten zu überwinden. Wer die Lage richtig beurtheilte, musste auch erkennen, dass ausser ihm Niemand stark genug war, um aus der Krisis den Rückweg zum Frieden zu finden.

Es kam vor allen Dingen darauf an, sich klar darüber zu werden, wo der Herd der Krankeit sei, und wer konnte nach den gemachten Erfahrungen noch verkennen, dass Rom die Wurzel allen Uebels war.

Unter den Eindrücken der letzten zehn Jahre wurde die Erinnerung an alle die unsäglichen Leiden wach, welche nicht die katholischen Dogmen, sondern der unaufhörlich an dem deutschen Fleisch nagende Wurm des italienischen Pabstes über Deutschland gebracht hat. Mit der Intensität tiefer Erbitterung fasste der Gedanke den unglücklichen Heinrich, die erliegenden Helden aus dem Hohenstaufischen Geschlecht, die Verwüstungen der Reformationskriege, das vaticanische Concil und die jetzt von Rom geförderte neue Zwietracht in ein Bild zusammen. — Gerechtigkeit und Mässigung sind in solchen Lagen nicht zu erwarten. — Es war vielleicht ungerecht aber natürlich, wenn die begeisterten Patrioten des neuen Deutschen Reichs zu der Ueberzeugung kamen, dass Deutschland keinen Frieden haben könne, so lange der Pabst in Deutschland mitregiert.

Der Pabst rühmt sich, dass er eine für das Universium bestimmte Institution sei — dass alle Macht über die Menschenseelen ihm verheissen ist, und dass er Allen gehört. — Vielleicht ist im göttlichen Weltenplan beschlossen, dass eine solche Institution, wie der Papst sie zu sein behauptet, wirklich einmal die Welt beherrschen wird.

Der Anblick des wunderbaren Kunstwerks, welches wir in der Organisation der römischen Hierarchie vor Augen haben, kann zu dem Glauben führen, dass sich die Welt in diesen Rahmen fassen lässt.

Das Gefäss ist so elastisch und doch so fest, dass man Oceane hineinfüllen kann, ohne es zu zerbrechen.

Darum handelt es sich aber nicht. Es handelt sich nicht um die angeblich ewige nach Raum und Zeit unbeschränkte Universalität Roms.

Sondern darum handelt es sich, dass das jetzige Rom, wie es sich in der Spanne Zeit seit Constantin bis heute entwickelt hat, ein Faktor ist, mit welchem das durch

Eisenbahnen und Telegraphen so sehr verkleinerte und zusammengedrückte, aber doch noch nicht zum Frieden vereinte Mitteleuropa zu rechnen hat.

Bei dieser Rechnung aber kommt als Resultat heraus, dass bei einem Konflict mit anderen Mächten, das vaticanische Pabstthum, wie wir es kennen, mit seinen lebhaften Wünschen immer auf der Seite unserer Feinde stehen wird.

Frankreich kann sich mit ihm verbinden; Neu-Italien in seiner, nah dem päbstlichen Throne, chronisch gewordenen Indifferenz kann sich mit ihm abfinden, England mit seiner stark organisirten Kirche und Gesellschaft kann über sich selbst lachen, wenn der No-popery-cry ertönt.

Der Deutsche evangelische Kaiser wird immer in einer gefährlichen Lage sein, so lange die Macht des ihm feindlich gesinnten Pabstes so gross bleibt, wie sie in diesem Augenblicke ist, und sich gerade in Folge der neuen Civilisation täglich und stündlich an allen Orten gleichzeitig fühlbar machen kann, so bald sie will.

Eine mit den römischen Verhältnissen vertraute Persönlichkeit schrieb damals, im Mai 1872, Folgendes:

„Alle Massregeln gegen unsere eigenen Unterthanen, mögen sie Bischöfe, Pfarrer, Lehrer oder sonst was immer sein, bleiben Schläge ins Wasser, so lange die Regierung nicht Rom selbst unschädlich macht. — So lange von Rom aus Eier in alle Welt geschickt werden, um sie von unseren Feinden ausbrüten zu lassen und vice versa, so lange ist Deutschland ein ethnographischer Versuch, der an eines Menschen Leben hängt, so lange ist Frankreichs Niederlage ein Zufall. — Ich finde nicht, dass man in Deutschland so recht vollständig darüber klar geworden ist, dass es sich vor Allem darum handelt, Rom zu schwächen. Man hält sich an die Leute, welche von Rom abhängen, aber man ist insofern ungerecht gegen sie, als man vergisst, dass diese Unglücklichen zwischen Hammer uns Amboss, zwischen zwei Autoritäten gestellt, irgendwie und irgendwo dem Gesetze verfallen müssen. — Der Grund dieser Erscheinung ist der Aberglaube von der Unbesiegbarkeit Roms. Wenn freilich der Kampf so geführt wird, wie er seit der Reformation immer geführt worden ist, nämlich an der Peripherie, dann ist Rom unbesiegbar. Kein Fürst, namentlich kein deutscher Fürst des 19. Jahrhunderts wird auf die Dauer vermögen, seine Unterthanen den Detailquälereien zu unterwerfen, zu denen es nothwendig kommen müsste. — Die Massregeln, welche etwa zu diesem Zwecke zu ergreifen wären, müssten vielmehr vor Allem darauf sich richten, und sich zunächst auch darauf beschränken, Rom der Aktionsmittel zu berauben, welche es gegen uns anwendet; also Aufhebung des Jesuitenordens oder Austreibung des Ordens, wenn der Pabst ihn nicht aufheben will und Erlass eines Gesetzes, welches jeden Geistlichen anstellungsunfähig macht, welcher in Rom oder auf einer Jesuitenanstalt studirt hat. Mit solchen Verlangen und solchen Gesetzesvorlagen wird kein Gewissen beschwert, keine Handlung gefordert, welche den Einzelnen zwischen ewige Verdammniss und Verlust seines Ehrenpostens stellt, und doch würde die Durchführung der Massregel die ganze Situation in Deutschland allmälig ändern, weil sie eine unberechenbare Schwächung Roms nach sich ziehen müsste."

Legen wir das Bild der Situation, wie sie sich im Frühjahre 1872 herausgebildet hatte, noch einmal zusammen. — Wir folgen dabei theilweise der Darstellung des oben citirten Briefschreibers, der, wie schon angedeutet, das Studium der vaticanischen Verhältnisse während längerer Zeit zu seiner Aufgabe gemacht hatte.

„Die Situation im Vatican ist in Wirklichkeit wesentlich verschieden von den Vorstellungen, welche sich die katholische Welt in Deutschland und Frankreich macht, und welche von den Fanatikern künstlich erhalten werden. — Ebenso täuscht sich der Pabst über die Lage der Dinge in der ausservaticanischen Welt. — Er ist fast überzeugt, dass die „Satanswirthschaft" in Rom in kurzer Frist aufhören wird.

Mittheilungen aus Deutschland nähren unausgesetzt diese Illusion. Für die Verstimmung zwischen Rom und Berlin sieht er den Grund in dem Wunsche des Fürsten Bismarck, das Protektorat über die römische Kirche, welches dem römischen Kaiser deutscher Nation zustand, auf den evangelischen Kaiser zu übertragen.

Davon, dass die Haltung der katholischen Partei im Parlament und die Sprache der Presse für die Verstimmung verantwortlich sei, hat er keine Ahnung. Mit der grössten Naivetät wird gleichzeitig jede Verantwortung für die katholische Presse, z. B. die Genfer Correspondenz abgelehnt. Und doch kann der Redacteur der Genfer Correspondenz sich rühmen, Belobungsschreiben erhalten zu haben, wie viele andere Zeitungshetzer. Obwohl der Pabst, den Rathschlägen der Jesuiten folgend und im Gegensatz gegen die Ansicht des Grafen Merode den Vatican nicht verlässt, was übrigens meines Ermessens, auch die Rücksicht auf seine persönliche Würde nicht wohl erlaubt, ist das Befinden Seiner Heiligkeit vortrefflich. — Er denkt nicht an die Möglichkeit eines nahen Todes. Auch verfliessen seine Tage in fortwährender Befriedigung, wenn nicht in Heiterkeit.

Vom frühen Morgen bis zum späten Abend ist er nicht von Schmeichlern, sondern von Anbetern umgeben. — In regelmässiger Wiederkehr sammeln sich im Vatican Deputationen des römischen Volkes, zu welchen sich die früheren päbstlichen von Seiner Heiligkeit mit nie erschöpfter Grossmuth versorgten Beamten in grosser Zahl gesellen. — Dazu kommen von Zeit zu Zeit Abgesandte ausländischer katholischer Vereine, welche das Ende der heutigen politischen Konstellation vorhersagen. Diese Abgesandten sind zum Theil Müssiggänger, welche hier ihren festen Wohnsitz haben. *)

Der Pabst hält bei solchen Gelegenheiten Reden, welche in einzelnen Fällen eines gewissen Apostolischen Schwunges nicht entbehren, im Allgemeinen aber doch nur ebenso viel Collectionen von Invecti-

---

*) Diese Bemerkung war im Jahre 1872 zutreffend. Später ist die Organisation der Vereine stärker geworden, und die Müssiggänger sind verschwunden.

ven gegen alle Regierungen sind. Die Mussestunden werden zu Spaziergängen im Vatican und den Gärten benützt, und Erholung bringen die Zuträgereien der wohlorganisirten Polizei, sowie die Lecture der Zeitungen, in welchen die Reden des Pabstes wiedergegeben und commentirt werden. Auch die pecuniären Verhältnisse Seiner Heiligkeit sind glänzender als sie je waren. Bedeutende Capitalien sind in fremden Papieren, u. a. in Deutscher Anleihe und jetzt in Preussischen Consols untergebracht, so dass selbst die eventuelle Auswanderung keine drückenden Verhältnisse zur Folge haben würde.

Früher wurden von den Einnahmen pp. aus dieser Quelle jährlich 50 Millionen für die Zinsen der päbstlichen Schuld gebraucht. Diese Ausgabe fällt jetzt fort und es ist daher leicht zu begreifen, dass der Pabst ungeachtet seiner sehr grossen Generosität in Geldsachen kein armer Mann sein kann.

Trotz alledem ist die päbstliche Macht an einem Wendepunkt angelangt, an welchem sich die Frage über ihre Zukunft entscheiden muss.

Die Ueberzeugungen und Leidenschaften, welche auf dem von jesuitischer Lehre und Disciplin tief bearbeiteten Boden gewachsen sind, stellen sich in schroffster und agressiver Haltung der Idee gegenüber, die in den Zuständen und Thatsachen eines neuen Zeitalters einen Ausdruck gefunden haben.

Der Pabst resumirt in seiner Person und seinem System, vielleicht ohne sich dessen bewusst zu sein, einen Theil jener Leidenschaften, welche nur durch den Umsturz alles heute Bestehenden Befriedigung finden können. Der Pabst ist wesentlich revolutionär geworden, und dem Drange der Umstände mehr noch als der Logik seiner Principien folgend, wird er nicht umhin können, alle diejenigen Elemente um sich zu gruppiren, welche er heute vielleicht selbst noch für verbrecherisch oder revolutionär hält, an deren Vertretern er kein persönliches Interesse hat.

Der deutsche Kaiser stellt in seiner Person als von aller Welt anerkannter Führer, die Ideen dar, in welchen die ethische Berechtigung der neuen gekräftigten staatlichen und gesellschaftlichen Ordnung wurzelt.

Die lang gehegte Illusion, dass es gelingen könne sich mit Rom auf dem Boden gemeinschaftlicher religiöser Bedürfnisse ohne Hass zu begegnen, und unter dem weiten Dache des gemeinsamen Christenglaubens der Versöhnung einzutreten — diese Illusion ist von Rom nie getheilt worden und wir täuschen uns selbst, wenn wir ihr jetzt nicht entsagen. Der Gegensatz des Vaticans und der von ihm vertretenen Welt gegen das deutsche Reich ist eine historische Thatsache, wenn nicht eine historische Nothwendigkeit.

Es würde eine neue Illusion sein, wenn man glauben wollte, dass der Kampf, um den es sich handelt, ein leichter sei. Rom hat viel Sehnen an seinem Bogen. Die Beamten des italienischen Souveräns, welchen man Pabst nennt, sind in privilegirter, durch missbräuchliche Anwendung völkerrechtlicher Grundsätze geheiligter Stellung, über die Reiche aller anderen Souveräne zerstreut und nehmen an der Regierung aller Länder wesentlichen Antheil.

Durch die Wiederherstellung des Jesuiten-Ordens — denn von ihm werden seine Beamten geliefert oder gebildet — hat der römische Pabst eine Armee geschaffen — Pius IX. nennt sie selbst seine Soldaten — welche disciplinirter, einheitlicher, hingebender ist als irgend eine andere. Sie sitzen auf den meisten unserer Bischofsstühle und die Bischöfe nehmen aus ihnen ihren Pabst. Sie dringen in die Universitäten. Sie verfolgen vom Nordcap bis nach Gibraltar Alle, welche nicht zu ihnen gehören. Wer ihre Schulen verlässt, leistet einen Obedienzeid, der zu lebenslänglicher Heeresfolge verpflichtet.

Während früher die Geistlichen in Deutschland ihre Anstellungsfähigkeit verloren, wenn sie in Rom oder bei Jesuiten studirt hatten, hat jetzt nur der Jesuitenzögling Aussicht auf Beförderung im höheren Kirchendienst. Auf diese Weise ist der ultramontane Clerus auf ganz natürlichem Wege unter unseren Augen der feste Kern für alle offene und heimliche Conspiration der Depossedirten, Partikularisten, Besiegten, mit einem Worte aller Derer geworden, die durch den Umsturz des Deutschen Reiches und des italienischen Königthums ihre Ideale verwirklichen oder doch die heutigen staatlichen Autoritäten stürzen zu können glauben.

In Italien ist diese Organisation durch die ihr eventuell zufallende Masse unzufriedener Elemente nach der Meinung des muthigsten aller italienischen Minister, des Herrn Sella, so stark, dass sie der Regierung fortwährend wie ein drohendes Gespenst vor Augen steht. In Frankreich nährt sie den Hass gegen Deutschland und Italien mehr als irgend eine andere.

In Oesterreich tritt sie mit demselben Programm auf, in Spanien unterwühlt sie den Boden der heutigen Monarchie, selbst in England rüttelt sie an der Staatseinheit des vereinigten Königreiches.

Die Ziele, welche sie in Deutschland verfolgt, liegen vor Aller Augen. Somit rollt sich vor dem auf den Grund der Erscheinungen sehenden Auge das Bild einer über ganz Europa reichenden Bewegung auf, welche von den unter Roms Protectorat stehenden Agitatoren von allen Enden her gegen die bestehende staatliche Ordnung, vor allem und am leidenschaftlichsten gegen Deutschland und Italien convergirt.

Dennoch aber möchte ich glauben, dass die lebenskräftigsten Elemente auf unserer Seite stehen.

Wer den Vatican kennt, wird sich des Eindruckes nicht erwehren können, dass dort die Dinge und Menschen weit unter das Niveau gefallen sind, auf welchem lang gewöhnte Vorstellungen sie zu denken pflegen. Es ist ein ominöses Zusammentreffen, dass die drei Personen, welche auf den Gang des Kirchenregimentes den meisten Einfluss haben, seit 25—27 Jahren die Geschicke der alten Institution leiten. Fakirartig wiederholen jene drei Greise seit einem

Viertel Jahrhundert dieselben Formeln. Mehr und mehr haben sie sich eingesponnen in ein Gewebe von Selbsttäuschung, Selbstbereicherung, byzantinischen Subtilitäten, unbegreiflichen Illusionen. Enger und enger werden ihre Begriffe. Von Jahr zu Jahr werden sie der Welt fremder. Ihre Ohren hören nur die eigenen Stimmen oder ihren Widerhall.

Die wirkliche weithin wirkende Macht ist daher auch schon lange nicht mehr bei den verfassungsmässigen Autoritäten, sondern in den Händen der Intriganten und kirchlichen Prätorianer, welche in den Jesuiten theils ihre Leiter, theils ihre Organe finden.

In dieser augenblicklichen Constellation, welche durch eine historische Fügung mit der Entwicklung ungeahnter conservativer Machtfülle im deutschen Reiche zusammenfällt, liegt die Schwäche der römischen Usurpation. Gegen diesen Fehler im Harnisch sollte ein Stoss geführt werden, der l'idole du Vatican, wie Montalembert Pius IX. nannte, aus dem Dunstkreis entfernt, durch dessen fälschende Strahlenbrechung er wie ein Gott durchleuchtet. Der alte Betrug, welcher die Religion Christi in den Dienst einer herrschsüchtigen Kaste gestellt hat, würde dann entblösst vor uns stehen.

Die Frage, wie dies praktisch auszuführen sei, liegt ausserhalb der Grenzen dieser Denkschrift.

Indessen — einige Principien wage ich anzudeuten, welche — zum Theil im Gegensatz mit der früheren Praxis — meines Erachtens nach für unser zukünftiges Verhältniss zu Rom massgebend sein sollten.

Es ist seit länger als 30 Jahren Tradition der preussischen Regierung gewesen, bei dem von ihr mit Ehre umgebenen Pabste Hilfe zu suchen gegen die Excesse des einheimischen Katholicismus. Diese Politik, welche im ersten Viertel dieses Jahrhunderts berechtigt und praktisch sein mochte, ist in Folge des jesuitischen Uebergewichts unpraktisch geworden.

Wir haben unsere Katholiken durch unsere Praxis selbst gewöhnt nach Rom als der entscheidenden Stelle sich in jedem Falle zu wenden und gerade wir haben nicht unwesentlich dazu beigetragen, den Grössenwahnsinn Roms zu nähren.

Im Gegensatz hiermit scheint die Aufgabe jetzt zu sein, auf jede mögliche Weise, durch Gesetzgebung sowohl wie durch politische Combinationen die usurpirte Autorität des Pabstthums zu schwächen, ihr den Nimbus der Unbesiegbarkeit zu nehmen, mit bewusstem systematischen Streben das Gefühl nationaler Würde zu nähren, mit welchem die deutschen Bischöfe in ihrer Mehrzahl auf dem Concil von 1870 in Rom ankamen und ohne welches sie es wieder verliessen.

Rom — nicht Köln, nicht Breslau oder Münster ist der Sitz der Krankheit. Nicht die unbestrittenen katholischen Dogmen, sondern die Hierarchie mit dem ausländischen Souverain an der Spitze, trennen die Deutschen in zwei Lager.

Eine von solchen Gesichtspunkten ausgehende und auf solche Ziele gerichtete Politik wird auf unmittelbare Resultate nicht mit Bestimmtheit rechnen können. Es dürfte aber erlaubt sein, zu glauben, dass die nächste Generation sich die Verhältnisse, in welchen die Regierungen heute mit der römischen Kirche leben, nur mit grösster Mühe wird vergegenwärtigen können.

Dass hiebei viele Dinge zu Falle kommen werden, welche eine wohlverstandene Pietät gern bewahren möchte, dass viele Worte ihren Sinn verlieren werden, bei deren Klang das menschliche Ohr in frommer Erregung aufzuhorchen gewohnt ist, darüber darf man sich nicht täuschen. Aber nicht Die tragen die Schuld, welche den Missbrauch aufdecken, sondern Diejenigen, welche ihn erfunden, hartnäckig genährt, machtgierig ausgebeutet haben. Und endlich je energischer, zweckbewusster das Uebel an der Wurzel angegriffen, je nachdrücklicher das Piedestal zertrümmert wird, auf dem der Gegenstand falscher Anbetung steht, desto sicherer kann man darauf hoffen; dass eine starke conservative Regierung das deutsche Reich vor den revolutionären Leidenschaften bewahren wird, welche nur zu sehr bereit sind, die barmherzige Schwester mit dem Jesuiten, den königstreuen Pfarrer mit dem reisepredigenden Francrtireur, den ruhig seiner Wege gehenden deutschen Bischof mit dem in die Familie dringenden, Unfrieden säenden ultramontanen Galopin in gleiche Verdammniss zu führen."

Demjenigen gegenüber, dem diese Sprache zu leidenschaftlich dünkt, insofern sie die Tendenzen der in Rom herrschenden Partei charakterisirt, wollen wir uns auf das Zeugniss eines Mannes berufen, der ganz anderen Richtungen und Kreisen angehört, als der oben citirte Autor.

„Nachdem nun", so sagt jener Mann, „die europäischen Nationen sich empört, und so weit Menschen es können, den Stellvertreter Christi entthront, nachdem sie ferner die Usurpation der heiligen Stadt zu einem Theile des Völkerrechts gemacht haben, nachdem Alles dies geschehen ist, bleibt nur eine Lösung der Schwierigkeit. Diese Lösung ist nahe. Sie ist die schreckliche Zuchtruthe eines kontinentalen Krieges, der die Schrecken aller Kriege des zweiten Kaiserreichs bei Weitem übertreffen wird. — Ich sehe nicht ein, wie dieses Unglück abgewendet werden kann. Aber es ist meine feste Ueberzeugung, dass trotz aller Hindernisse der Stellvertreter Christi wieder auf den ihm gebührenden Platz zurückgeführt werden wird."

Wer hat so geredet? Ein hartherziger, blutdürstiger Mann? Einer Jener, die von der Natur voraus bestimmt scheinen, als Gottesgeissel die Welt zu durchziehen?

Nein! Ein milder, ehrwürdiger Herr, von tiefem Wissen und sanfter Sinnesweise. Ein Mann, dem die Herzen der Menschen sich unwillkührlich zuwenden — eine edle Erscheinung mit hohen, vornehmen Gedanken.

Niemand Anders als der Cardinal Manning. Gleichsam ex cathedra, hat er im Jahre 1874 bei einem katholischen Meeting so gesprochen, und der Papst hat ihn nicht deswegen getadelt.

Wenn nun in solchen Mannes Herz der Fanatismus sich so tief eingraben konnte, dass er kein Bedenken hat, durch Blut und Eisen die Verwirklichung seiner Ideen herbeizuführen, und wenn es feststeht, dass die Verwirklichung dieser Manning'schen Idee nicht denkbar ist ohne Vernichtung dessen, was der deutsche Kaiser und sein Volk als ihr Ideal in vieler Noth errungen haben — wie kann dann ein Zweifel bleiben, dass hier zwei Gegensätze auf einander stossen, dass hier der Kampf um das Dasein vorliegt, welcher seit des Römischen Reiches Ende die Erben jener Zeit in zwei Lager spaltet.

IV.

Seit dem Jahre 1872 hat die preussische Regierung anscheinend gänzlich den Traditionen entsagt, welche bis dahin ihr Verhältniss zur Kirche bestimmt hatten. — In den letzten Jahren ist die preussische Geschichte von dem misstönenden Geräusch des Culturkampfes erfüllt.

Es ist überflüssig über denselben noch ein Wort zu sagen. — Vielen ist das Unglück begegnet in sonoren Schlagworten unwandelbare Grundsätze aufzustellen, nach denen sie ihr Verhalten in dem täglich wechselnden Leben der Nation regeln wollen, obgleich es so wenig allgemeine Wahrheiten giebt, von welchen der Mensch sich abhängig machen darf. — An diese Schlagworte sind sie nun gebunden und freuen sich, sie gesprochen zu haben. Laetatur homo in sententia oris sui. — Unter diesen Propheten ihrer eigenen Weisheit findet sich auch heut noch die Kohorte der Culturkämpfer. — Jedoch selbst in Deutschland ist man des Zankes bis zum Ekel müde.

Jenseits der Reichsgrenze aber steht das Urtheil über die preussische Kirchenpolitik fest. — Für Gläubige und Ungläubige, für Conservative und Liberale ist sie gleich unverständlich. — Jedermann begreift, dass der Culturkampf den Einfluss des Pabstes auf die katholische Welt erhöht, die Cohäsionskraft des neuen Deutschen Reiches gemindert, die Widerstandsfähigkeit des Reiches für den Fall eines militärischen Unglücks vermindert, die revolutionären und socialistischen Tendenzen in den nicht katholischen Bevölkerungen neu belebt, und die Organisation, welche den Bestand der civilisirten Gesellschaft sichert, untergraben, vor Allem aber die Freiheit verkümmert hat. Extreme Massregeln sind der gewöhnliche Ausdruck und das tägliche Auskunftsmittel aller Regierungsweisheit geworden. —. Die Menge hat sich an die Vorstellung gewöhnt, dass unbequeme Zustände durch Gewaltthätigkeiten gehoben werden können. — Die Gewohnheit des Respektes ist durch die skurrilen Angriffe auf jede Autorität ausgelöscht und alle die Bande der von den Vätern überkommenen Sitte sind gelockert worden.

Unter der Herrschaft der culturkämpferischen Tendenz hat auch die Agitation sich breit machen dürfen, welche möglicherweise die Ursache zweier grosser Verbrechen geworden ist. — Aber auch wenn diese Verbrechen nicht begangen worden wären — die Grundlage der gesellschaftlichen Ordnung bedrohte sie schon lange vorher in leicht erkennbarer Weise. War es wirklich nöthig, darauf zu warten, dass auf den Kaiser geschossen wurde, um von der socialen Gefahr zu sprechen? Wenn nun nicht auf den Kaiser geschossen worden wäre, war nicht die Gefahr dieselbe und wäre dann nichts geschehen, um ihr vorzubeugen?

Mit einem Worte die Gesetzgebung der letzten Jahre, von welcher die Maigesetzgebung nur ein trauriges Capitel ist, hat Alles im Lande desorganisirt, nur das nicht, was sie desorganisiren sollte — nämlich die politische Opposition unserer katholischen Mitbürger. Es ist überflüssig, dies Thema ausführlicher zu behandeln. Wir haben nicht nöthig, einen Gang durch die Ruinen anzutreten, welche der Culturkampf hinter sich gelassen hat.

Denn augenscheinlich hat der Fürst Bismarck selbst längst eingesehen, dass seine kirchliche Politik ihm nichts eingetragen hat. Am wenigsten hat man vom Anfange an verstanden, dass gerade er in solchem Maasse in die alten Fehler des Liberalismus verfallen könne. Auch würde man irren, wenn man glauben wollte, dass seine Intentionen jemals mit den Zwecken der Culturkämpfe zusammengefallen sind. — Für die culturhistorischen Aufgaben, welche angeblich der Culturkampf lösen sollte, hat er kein Interesse. — Wenn sie wirklich in dem Sinne gelöst würden, mit welchem die Parteigänger des Kanzlers an diese Unternehmung gegangen sind, würde der nationale Skepticismus die Folge sein. — Nun ist zwar der Fürst Spinozist und Pyrrhonianer gewesen. Aber doch nur in demselben Maasse, wie er Lassalianer war. — Pour le besoin de la cause — d. h. de sa cause. Vielleicht auch nur als unser College, d. h. als Dilettant.

Sonst weiss er wohl, dass mit dem fanatischen Skepticismus der Einen die Menschen so wenig zu grossen Thaten zu begeistern sind, wie sie regiert werden können durch das skeptische peut-être der Andern. — Ihm kann nicht entgehen, dass dies peut-être nicht mehr ist, als eine Paraphrase des alten „Sollte Gott gesagt haben", mit welcher auch ihm einmal der Gehorsam aufgesagt werden könnte. — Nie ist es dem Fürsten in den Sinn gekommen, den religiösen Gefühlen der Katholiken zu nahe treten zu wollen. Selbst dann nicht, als das Centrum des sittlichen und religiösen Bewusstseins der Einzelnen durch die von ihm geleitete Politik tief erschüttert und beunruhigt wurde. — Ja auch die Lehre von der Omnipotenz des Staates, die er sich, ohne sich dessen jeden Augenblick bewusst zu sein, doch nur als seine Potenz denkt — und welche jetzt eine so hervorragende Stelle unter den ad hoc erfundenen Systemen der Staatsweisheit einnimmt, entspricht nicht der ihm eigenthümlichen Auffassung. — Er würde eventuell sich weigern ihr Opfer zu sein. — Nur in der leidenschaftlichen Erregung des Zornes kann er vergessen haben, dass die Gesellschaft die Staatsmaschine aus sich herausgebildet hat und täglich weiter bildet, nicht um von ihr erobert und modellirt zu werden, sondern um durch sie die ewigen Rechte der Menschen — Gewissensfreiheit, Familie, Eigenthum vor Barbarei, innerer und äusserer, — zu bewahren.

Bei dem Reichskanzler ist der Culturkampf nur unter zwei Gesichtspunkten eine Lebensfrage gewesen.

Erstens handelte es sich darum, seine persönliche Autorität der ihm persönlich feindseligen Partei gegenüber geltend zu machen. —

Zweitens darum, das Reich und den Kaiser gegen die vom Pabste geleitete oder doch um die Fahne des Pabstes gesammelte katholische internationale Liga sicher zu stellen.

Denn noch einmal — so schien es — sollte der Pabst dem Kaiser entgegengestellt werden.

Wer könnte es dem Kanzler verdenken, wenn er inmitten eines solchen Zustandes von bangen Ahnungen erfüllt worden sein sollte. — Noch zitterte sein ganzes Wesen in der Erinnerung an die Schwierigkeiten und den täglichen kleinen Krieg, welchen er zu überwinden und welchen er zu führen gehabt hatte, um das riesenfordernde Unternehmen, welches ihm von dem Ungestüm der Verhältnisse auf die Seele gelegt worden war, zum einstweiligen Abschluss zu führen. — Wie, wenn ihm im Fiebertraum ein Bild erschienen wäre, gleichsam ein Gegenstück zu Kaulbach's Hunnenschlacht, auf welchem der Maler unter den in den Wolken redefechtenden Parlamentariern das heisse Ringen der Heere zu Wasser und zu Lande dargestellt hätte?

Wer mit voller Ueberzeugung sagen kann, dass ein solches Bild nur einem Trunkenen erscheinen konnte, der werfe den ersten Stein auf ihn.

Ich bekenne frei, dass dieser Muth mir fehlt. — Es scheint mir leicht erklärlich, dass der Reichskanzler zusammenschrack vor der Erscheinung am politischen Horizont, welche er eine ultramontane Mobilmachung genannt hat. —

Nichtsdestoweniger — oder um so mehr, zögere ich nicht und trage kein Bedenken, auszusprechen, dass unserer Meinung nach der Kanzler in der Wahl der Mittel sich geirrt hat, was sich daraus erklärt, dass er Zweck und Mittel verwechselte.

Er kann nicht den Anspruch erheben, durch diesen Theil der Weltgeschichte, den er so ganz erfüllt, incognito zu reisen. — Obwohl es meine Absicht war, in dieser Arbeit möglichst wenig Namen zu nennen und denjenigen des Reichskanzlers nie, so würde doch bei strenger Durchführung jener Absicht dieser Aufsatz sich ausnehmen wie eine Procession von Schattenbildern, die an der Wand im Halbdunkel weiterziehen, um die Procession der Lebenden gegen die Polizei der culturkämpferischen Ordnungspartei zu schützen. — Und selbst wenn ich seiner grossen Gestalt den Domino „Staat" umgeworfen hätte — wer hätte ihn nicht erkannt. — Unter allen denkbaren Abstraktionen wäre seine Person sichtbar geworden.

Die demuthsvolle Ehrfurcht, welche dem Fürsten Bismarck entgegengetragen wird, entspricht ohnehin meiner Gemüthsart. Sie ist freilich auf solchem Punkt angekommen, selbst in Fragen, wo sie am wenigsten Wirkung haben sollte, dass alle seine Gedanken als Orakel angesehen werden. — Selbst wo sie dunkel und unverständlich sind, setzen seine Anhänger aus ihnen eine Geheimlehre zusammen, innerhalb deren logische Lücken durch Anwendung despotischer Schlagwörter ausgefüllt werden. Abweichende Ansichten können nicht mehr ohne Gefahr laut werden und an den Texten seiner sich so häufig widersprechenden Rede brechen die stärksten Gründe.

Meine Absicht aber ist nicht, eine Krankheit durch die andere zu heilen. — Ich werde mich auch nicht verleiten lassen, von dem Reichskanzler wegwerfend zu sprechen, weil Andere sich der Anbetung ergeben haben. — Mein Sinn steht nicht dahin, seine auf dem festen

Grunde grosser Thaten erwachsene Autorität zu untergraben. Seine Kenntniss der wirklichen Dinge .und sein Einfluss auf die Völker und ihre gegenseitige Stellung im Widerstand der politischen Kräfte kann nicht ersetzt werden durch das Raisonnement eines Dilettanten.

Unter allen diesen Vorbehalten und Klauseln unternehme ich, dem Bedauern darüber Ausdruck zu geben, dass der Reichskanzler — wenn ich mich nicht gänzlich täusche — seinen persönlichen Empfindungen bei Behandlung dieser grossen Sache mehr Einfluss auf seinen modus procedendi eingeräumt hat, als im Interesse der königlichen Prärogative wünschenswerth gewesen wäre.

Der Grimm, welchen er darüber empfand, dass ihm persönlich sehr verhasste, von unverhülltem Hass gegen ihn erfüllte Männer der Mittelpunkt einer seiner Politik feindlichen Partei wurden, bestimmte den Ton seiner Rede. Sie sammelten von allen Richtungen her die Elemente zu einer festen, durch nichts zu erschütternden und auf stets weiterer Basis sich entwickelnden Opposition. Ihr Erkennungszeichen waren die päpstlichen Farben.

Ueber dem Bestreben, diese Partei zu züchtigen, zu schädigen, zu isoliren und einzuschüchtern, übersah der Kanzler, dass eine politische Tendenz, welche in ganz verfassungsmässigen Formen sich bewegt, durch eine gewaltsame Gesetzgebung nicht vernichtet werden kann, es sei denn, dass der Gewalthaber entschlossen sei, die letzten Consequenzen seines Vorgehens zu ziehen — in der Weise z. B. wie Ludwig XIV. in seiner Verfolgung der Protestanten sie gezogen hat. Anderenfalls kommt Alles doch nur auf ein blosses Bangemachen heraus. Man wartet eben bis sich zeigt, wer es am längsten aushält.

Setzen wir aber auch den Fall, dass es gelungen wäre, die vorübergehende parlamentarische Combination aufzulösen, welche ihn so sehr verdross, so blieb doch immer der Pabst dem Kaiser gegenüber als Mittelpunkt der internationalen Liga. Wenn man die letzten Consequenzen zog und mit der Anwendung der Maigesetze die katholische Kirche in Deutschland vernichten wollte, so würde das Resultat doch immer das Gegentheil von dem sein, was Kaiser und Kanzler gewollt haben.

Der Kanzler verlor, da die Mallinkrodt, Savigny u. A. fortwährend in seiner Sehlinie standen, Sanct Peter aus den Augen. Er vergass, dass auch, wenn Mallinkrodt und Savigny beseitigt würden, die streitbare Macht nur an der Peripherie, nicht im Centrum beschädigt sein würde. — Er vergass endlich, dass im besten oder wenn man will im schlimmsten Falle seine ganze Politik ihn nicht überleben kann.

Dieses Compliment darf man ihm machen, reluctantly but sincerely.

Jedoch — etwas Anderes ist noch möglich. Sollte nicht der Reichskanzler, indem er die katholische Kirche in Preussen mit harten Gesetzen und härteren Worten angriff, sich doch der Hoffnung hingegeben haben, dass er dadurch den Pabst Pius zwingen werde, Mitleid mit seiner Heerde zu haben und von Rom aus zu der Auflösung des Centrums mitzuwirken, um die Religion zu schützen? Allein Päbste sind nicht sentimental. — Zu jeder Zeit ist immer irgend ein Land das Theater einer „diokletianischen"

Christenverfolgung gewesen, die jedesmal in Pontificis majorem gloriam geendet hat. — Dem Pabste war oft genug gesagt worden, er möge die Katholiken veranlassen, den König und den Kanzler zu lieben. Aber er war allen politischen Erwägungen zum Trotze darauf nicht eingegangen. — In der Lage der Kirche in Preussen, welche so viele Hilfe Suchende vor seinen Thron förderte, konnte er seiner ganzen unpolitischen Natur nach, noch weniger einen Anlass sehen, sich zu Transactionen herzugeben, welche ihn seiner Verehrer beraubt haben würden.

Somit sah sich der Kanzler in seinem Streben, die politische Opposition des Centrums zu vernichten und die Liebe der Katholiken zu gewinnen, lediglich auf seine Talente und seine Macht angewiesen.

Das zu diesem Zwecke eingeschlagene Verfahren gleicht einigermassen dem Verfahren eines Vaters, der viele Jahre hindurch seinem Sohne Gehorsam gegen seinen Lehrer gepredigt hat, und plötzlich entdeckt, dass durch den Einfluss des Lehrers die väterliche Autorität beschädigt worden ist, und der nun durch häufige ernste Züchtigungen, an welchen auch die Diener des Hauses sich betheiligen müssen, die Liebe des Kindes wiederzugewinnen bemüht ist.

Es ist nicht schwer, sich über den Erfolg zu täuschen, welchen solche gewohnheitsmässige Fustigationen ab irato haben werden. Genau denselben Erfolg hat die Gesetzgebung ab irato gehabt, an dem der Gesetzgeber und sein Opfer zur Stunde laboriren.

Unzählig sind die Irrthümer, in welche Menschen verfallen, in Folge von Mangel an Augenmaass. Ueberschätzung der Wichtigkeit der eigenen Person im Allgemeinen, sowie im besonderen Falle reizt — es ist fast ein Gemeinplatz — den Einzelnen zu thörichten Sprüngen in das Leere, oder zu beherzten Angriffen auf Windmühlen. Die Ueberschätzung der eigenen Wichtigkeit ist nicht der Fehler des Reichskanzlers. — Seine Selbstschätzung ist jungfräuliche Bescheidenheit, wenn man sie misst an der Unterwürfigkeit, mit welcher die sogenannten Mitmenschen zu ihm aufsehen.

Aber leicht begegnet es ihm, dass er die Tragweite eines Vorganges und die Bedeutung eines vorübergehenden Zustandes überschätzt. Er legt sich nicht die Frage vor, wie viel von dem Vorgang und dem Zustande nach 3, 5 oder 10 Jahren noch übrig geblieben sein wird, wenn er der Zeit, dieser grossen Meisterin in der ironischen Behandlung von Menschen und Dingen, anheim stellen wollte, die Riesen zu Zwergen, die Gebirge zu Maulwurfshügeln, welthistorische Ereignisse zu Anekdoten mit stillem Hohn herunterzulächeln.

Das Centrum ist eine Oppositionspartei, die, so weit sie nur eine politische Partei ist, längst in ihre sehr disparaten Elemente zerfallen sein würde, wenn nicht die Kette, in welche die irregeleitete Regierungspolitik das Leben der Kirche geschmiedet hat, ein Reif geworden wäre, welcher das so lecke Gefäss der Partei fest zusammenhält und nun auch ferner noch zusammenhalten wird, selbst wenn die warme Sonne des religiösen

Friedens wieder auf Deutschland herabscheinen sollte. — Gemeinschaftliche schwere Erlebnisse kitten die Menschen an einander, und in der Schule bitterer Erfahrungen lernen sie Dinge, welche sie nicht leicht vergessen. — Die Centrumsmänner aber haben gelernt, dass keine politische Partei ihr eigenes Recht schützen kann, ohne den Schutz „des Rechtes" auf ihre Fahne zu schreiben. — Auch wenn sie in die Lage kommen sollten, eingestehen zu müssen, dass die alten ultramontanen Klagelieder nicht mehr begründet sind, wird doch noch für lange Zeit — für so lange mindestens, bis das tief zerrüttete Vertrauen wieder hergestellt ist — das Bedürfniss des Zusammenhaltens auch von denen empfunden werden, welche zu der Partei lediglich um ihrer religiösen Bedrängniss willen zugetreten sind.

Das grosse Princip, dass es Rechte gibt, welche keine Gnade verleihen kann und keine Ungnade nehmen darf, würde dann ihr Schlagwort sein. Darauf würde die Haltung der Partei beruhen und ihr noch für lange Zeit einen grösseren Einfluss auf die Geschicke des Vaterlandes sichern, als im Grunde einer Partei zukommt, welche nicht regierungsfähig ist, so lange ihre gegen das Reich gerichteten Instinkte dieselben bleiben.

Die Schuld an dieser Lage der Dinge trägt der Culturkampf. Viele Personen sind in die widernatürlichsten Verbindungen gedrängt worden. Die Dinge haben sich verschoben, wie die Berge sich verwerfen. Vieles aber, was zu Grunde gerichtet ist, kann nicht wieder hergestellt werden.

Den Einwand, der gegen meine Deduction gemacht werden kann, sehe ich voraus. — Er spitzt sich zu der Frage zu: „Wenn Ihr so weise seid, so zeigt den besseren Weg." — Anstatt der Antwort könnte ich die Gegenfrage stellen: „Wo sind Eure Erfolge? Beweist mir, dass Ihr in den fast acht Jahren, währenddem Euch Niemand störend in den Weg getreten ist, durch Eueren Culturkampf das Reich stärker, den inneren Frieden sicherer, die Liebe zum Kaiser grösser, die Hingebung an das Vaterland nachhaltiger, die Sitten milder, die Verbrechen seltener gemacht habt. Dann werde ich meine Thorheit reuevoll bekennen. Aber der einzige erfreuliche Erfolg, den ich sehe, ist die immense Popularität des Fürsten Bismarck in Kreisen, die ihm antipathisch sind.

Andererseits ist der Anspruch höchst unberechtigt, dass die Kritik schweigen müsse, wenn der Kritiker nicht bessere Arbeit zu liefern vermöge, als diejenige ist, welche er kritisirt.

Jeder darf dem Architekten sagen: Es raucht in dem Hause, welches Du mir gebaut hast, ohne nachweisen zu müssen, dass er selbst ein besseres Haus bauen kann.

Aber ich will dennoch wagen, in wenig Worten auszusprechen, wie nach meinem Ermessen die Auseinandersetzung mit dem Römischen Pabste einzuleiten und mit vieler Geduld und Sanftmuth durchzuführen gewesen wäre.

So vermessen bin ich freilich nicht, behaupten zu wollen, dass die Politik, welche mir vom Jahre 1869 mit immer wachsender Deutlichkeit als die Richtige erschienen ist, unfehlbar zu dem Ziele geführt haben würde, welches erreicht werden muss:

„Nämlich die Befreiung der katholischen Kirche von der absoluten Herrschaft des uns feindlichen italienischen Souveräns ohne Beeinträchtigung der Gewissensfreiheit und des religiösen Besitzstandes unserer Katholiken."

VI.

Die tausendjährige Politik des Vaticans hat ihr Streben auf zwei Dinge gerichtet: 1. Auf Einführung des päbstlichen Absolutismus in die Kirche. 2. Auf unbeschränkte Herrschaft der dem Vatican identisch gewordenen Kirche über die Welt, namentlich über Mitteleuropa. — Der erste Theil des Programmes ist erreicht. Zu der Ausführung des zweiten fehlt nur die Macht. — Sie wird wahrscheinlich immer fehlen. — Aber der Versuch kann in nächster Zukunft bevorstehen und vieles Elend über die Menschen bringen. — Diesem Versuch prophylaktisch entgegenzuwirken, ist die Aufgabe. Sie ist als gelöst anzusehen, wenn die von der Kurie in Bezug auf den ersten Theil erreichten Resultate rückgängig gemacht oder doch in ihrer Wirkung auf uns neutralisirt werden. — Letzteres ist meines Erachtens nur denkbar, wenn wir die Sympathie unserer Bischöfe und der deutschen Katholiken wieder gewinnen, nicht aber im Gegensatz zu ihnen.

Sonst würde das Mittel tödtlicher sein als die Krankheit.

Von diesem Gesichtspunkte wird ein wohl überlegtes politisches Verhalten ausgehen und sie consequent im Auge behalten müssen. Das Weitere, was ich zu sagen habe, knüpft sich hieran mit — wie ich hoffe — logischer Nothwendigkeit.

VII.

In dem Augenblick, wo der Pabst seine vaticanischen Dogmen verkündete, hörte er auf, der Pabst zu sein, mit welchem wir Verträge geschlossen, den der König als gleichberechtigter Faktor anerkannt hatte und mit dem die preussische Regierung sich im diplomatischen Geschäftsverkehr befand.

Wenn es sich darum handeln sollte, einen Beweis für die Richtigkeit dieser Auffassung zu führen, würde es genügen, sich die Argumentation einiger der bedeutendsten Concilbischöfe einfach anzueignen. — Auch der Fürst Bismarck hat sich in seiner bekannten Pabstwahldepesche, wenn auch nicht mit wünschenswerther Klarheit — auf einen ähnlichen Standpunkt gestellt.

Vollständig und ausdrücklich hat er ihn nie adoptirt. Aus einem einfachen Grunde.

Dem Fürsten Bismark ist die Idee eines absolut regierenden infallibeln Pabstes nicht antipathisch. — Im Gegentheil. Sein Ideal ist ein infallibler Pabstautokrat, der ihm zu Diensten steht.

Er hat gar keine Sympathie für unabhängige nationale Episcopate. — Denn die Vereinigung aller materiellen und moralischen Macht in den Händen von drei Kaisern und einem Pabst, welche von dem Reichskanzler geleitet werden, ist ein non plus ultra menschlichen Ehrgeizes. — Der Fehler in der Rechnung aber liegt daran, dass der Pabst, wie er auch heissen möge, immer damit aufhören würde, die drei Kaiser zu entzweien und sobald er zur Macht gekommen ist, sich gegen den Hort des Protestantismus zu kehren.

Der vermuthlich abweichenden Meinung des Fürsten entgegen mag es daher erlaubt sein, zu behaupten, dass nach dem vaticanischen Concil und nach dem Frankfurter Frieden, wo nach Beseitigung der kriegerischen Ueberreizung das Krankheitsbild wieder klar zu Tage trat, der Moment gekommen war um auszusprechen, dass wir den römischen Bischof als Papst nicht mehr anerkennen konnten.

Dass daher alle Verträge, Verfassungsbestimmungen, Privilegien und sonstige auf die Kirche bezüglichen in Preussen bestehenden Gesetze ipso facto aufgehoben oder suspendirt seien.

Wenn der König von Preussen den römischen Bischof als Pabst — d. h., wie schon im Anfange dieser Schrift gesagt wurde — als einen zum Mitregieren in Preussen berechtigten Souverän anerkannt hatte, so bezog sich doch diese Anerkennung nur auf die Summe von Ansprüchen, welche der Pabst damals, d. h. im Jahre 1821 erhob.

Nachdem nun aber der Pabst, gestützt auf die illegalen Beschlüsse einer, illegitimer Weise „Concil" genannten, Versammlung, nicht bloss die Summe der von ihm beanspruchten Rechte vermehrt, sondern die Natur derselben vollständig auf Kosten der dem gesetzmässigen Einflusse des Königs unterstehenden Bischöfe verändert und damit die vertragsmässigen und staatsrechtlichen Befugnisse des Königs ohne die Zustimmung desselben geschädigt hatte, waren der König und seine Regierung berechtigt und vielleicht verpflichtet, dem Papste vorzustellen, dass er die vaticanischen Dekrete zurückziehen, oder sich gefallen lassen müsse, alle zwischen dem Könige und dem

Pabste vereinbarten Abmachungen hinfällig werden zu sehen.

Niemand kann im Zweifel sein, dass der Pabst in eine solche Alternative gestellt, die Zurückziehung der vaticanischen Decrete abgelehnt und mit mannigfachen Verwünschungen seine Bereitwilligkeit ausgesprochen haben würde, das Gottesgericht über den König abwarten zu wollen.

In diesem mit Sicherheit vorauszusehenden Falle war dann principiell die vollständige Aufhebung des bisherigen vertrags- und verfassungsmässig garantirten Rechtszustandes der von dem römischen Bischof abhängigen Kirchengemeinschaft in Preussen eingetreten.

Es war eine Aenderung von der grössten Tragweite. Sie hatte den Pabst nicht unvorbereitet getroffen.

Es war ihm gesagt worden, dass beklagenswerthe Resultate zu befürchten seien, wenn die oberste Autorität der Kirche zur Proklamation von Decreten schreiten wollte, welche bestimmt wären, in dogmatischer Formulirung tiefgehende Aenderungen in der Begrenzung der jedem Grade der Hierarchie zustehenden Attribute einzuführen und in Folge dessen nicht verfehlen könnten, die gegenseitige Stellung der staatlichen und der kirchlichen Gewalt zu ändern. (cf. Schreiben des norddeutschen Gesandten vom 23. April 1870.)

Diese Mahnung und andere Warnungen waren ohne Wirkung geblieben. Der König befand sich dem Pabste gegenüber in keiner anderen Lage, als er sich dem Kaiser von Frankreich gegenüber befunden haben würde, wenn derselbe hätte eigenmächtig die Grenzpfähle verrücken wollen.

Man hat gesagt, dass die Veränderung, welche durch das Vaticanum herbeigeführt worden ist, nichts zu bedeuten habe. — Die Zeiten seien vorüber, wo Gregor, Innocenz und Bonifaz Kaiser und Könige absetzen mochten und konnten. Vielleicht — vielleicht auch nicht. — Aber wenn die jetzigen Päbste sich ihrer Milde rühmen, so hat dieses Selbstlob, wie ein englischer Staatsmann richtig bemerkt hat, nicht mehr Werth als es gehabt haben würde, wenn Ludwig der Sechzehnte im Temple sich seiner Mildigkeit gerühmt hätte, weil er Robespierre nicht köpfen liess.

Selbst aber, wenn Diejenigen Recht hätten, welche behaupten, dass die vaticanischen Decrete nicht das natürliche Product einer consequenten tausendjährigen Politik seien, sondern nur ein Privatvergnügen des greisen Pio, so hätte doch die Thatsache, dass der Pabst im Gegensatze mit allen Regierungen und im Widerspruch mit zahlreichen berechtigten Vertretern der Kirche abenteuerliche Decrete erlassen konnte, welche die Kirche und die Völker nach seiner Absicht zu binden bestimmt waren, willkommenen Anlass bieten sollen, um endlich der immer mehr anschwellenden Hypertrophie des Pabstthumes Einhalt zu thun.

Die Wichtigkeit der Frage datirt nicht von heute. Wenn irgend Jemand im Jahre 1821 hätte voraussehen können, dass ein Pabst wie Pio IX. ein Concil, wie das vaticanische berufen, und in demselben Dogmas fabriciren lassen würde, wie die vaticanischen Decrete, würde die Bulle de salute animarum nie das Licht der Welt erblickt haben. An solche Möglichkeiten hat man damals nicht geglaubt.

Als es sich um die Emancipation der Katholiken in England handelte, standen der beabsichtigten Massregel viele und berühmte Politiker entgegen. — Ihr Hauptbedenken wurzelte in der Meinung, dass die Loyalität der katholischen Unterthanen des britischen Königs beeinträchtigt werde durch ihre Abhängigkeit von dem römischen Pabste.

Eingehende Verhandlungen zur Prüfung der Sachlage fanden statt. Auch von den irischen Bischöfen und den englischen apostolischen Vicaren verlangte man Erklärungen.

Dieselben gingen sämmtlich unter eidesstattlicher Versicherung dahin, dass die Infallibilität des Pabstes kein Dogma der Kirche sei, und dass die Gehorsamspflicht des Katholiken sich lediglich auf religiöse — d. h. theologische und Fragen der Kirchendisciplin beschränke.

Die Sprache der Bischöfe in ihren antiinfallibilischen und antirömischen Glaubensbekenntnissen, die heute schändliche Ketzerei sein würden, trug hie und da die Spuren gereizten Widerspruchs gegen das römische Wesen.

„Wir werden", so schrieb Bischof Doyle an Lord Liverpool im Jahre 1826, „drangsalirt (taunted) wegen des Verfahrens der Päbste. — Was haben wir Katholiken mit dem Verhalten der Päpste zu thun, und warum sollen wir für dieselben zur Rechenschaft gezogen werden."

Es darf als sicher angenommen werden, dass die vollständige Emancipation der Katholiken auf bedeutende Schwierigkeiten gestossen sein würde, wenn zu jener Zeit die irischen und englischen Prälaten zu einer den vaticanischen Decreten entsprechenden Lehre sich bekannt hätten.

Was aber ergiebt sich daraus?

Es ergiebt sich, dass die katholische Kirche die zahlreichen Privilegien, deren sie sich in protestantischen Ländern in diesem Jahrhundert erfreut, auf Grund der Voraussetzung erworben hatte, dass alle die verjährten Ansprüche der mittelalterlichen Päbste obsolet geworden seien und nie aufleben könnten, wie die britischen Prälaten noch im Jahre 1876 und andere Bischöfe, namentlich auch spanische, stets gesagt haben.

Nun sind im Jahre 1870 alle diese alten Ansprüche unter den Schutz eines rückwirkenden Dogmas gestellt worden. Die Voraussetsung der völkerrechtlichen und staatsrechtlichen Garantien existirt nicht mehr. Die Garantien selbst sind daher hinfällig geworden.

In aus- und nachdrücklicher Form musste daher dem Pabste gesagt werden, dass die Sache für uns so und nicht anders liege.

Das Princip, dass der König unter Beobachtung der gesetzlichen Bedingungen bei Ausübung seines Regierungsrechtes allein Herr im Lande sei, wurde somit wie ein rocher de bronze aufs Neue mit seiner scharfen Ecke mitten unter die aufgeregte Menge gestellt. — Dieses Princip musste fortan der Ausgangspunkt aller der Massnahmen sein, welche in Bezug auf die Lage der römisch-katholischen Kirchengemeinschaft zu treffen waren, die während eines Augenblickes aller gesetzlichen Basis entbehrt haben würde und sich auch auf die Basis des Vereinsrechtes nicht stellen konnte, da das Gesetz über das Vereinsrecht die Unterordnung unter den auswärtigen in Rom ansässigen Obern unmöglich machte.

Eine solche Massregel und Manifestation war, es soll nicht geleugnet werden, ein Gegenstück zu der Aufhebung des Edicts von Nantes, zu welcher meiner Ansicht nach der König von Frankreich wohl berechtigt war. — Aber er war nicht berechtigt zu den weiteren grausamen Massregeln, welche er in Ausführung der Aufhebungsordonnanz gegen die Protestanten traf.

Die Aufstellung eines politischen Princips hat zur Folge, dass kein Gesetz gegeben, keine Massregel getroffen werden darf, welche mit dem Princip im Widerspruch steht. Sie hat aber nicht zur nothwendigen Consequenz, dass die gesetzgebende und regierende Gewalt alle die Gesetze geben oder alle die administrativen Anordnungen erlassen darf, zu welchen sie in Anwendung des Princips formell berechtigt ist. — Der römische Bürger, welcher berechtigt war, seinen Sclaven zu verkaufen und grausam zu misshandeln, war darum noch nicht verpflichtet ihn zu verkaufen oder zu misshandeln.

Der König von Preussen, welcher in Folge der eigenmächtigen Grenzverrückung und der hierin liegenden Vertragsbrüchigkeit des Pabstes seine vollständige Unabhängigkeit in Bezug auf die Kirchengemeinschaft wieder erlangt hatte, welche fortfuhr sich von dem römischen Bischof abhängig zu glauben, war darum noch nicht verpflichtet und in seinem Gewissen auch nicht berechtigt, dieses wieder gewonnene und klar gestellte Recht in jedem beliebigen Umfange auszuüben.

Er war nicht verpflichtet die römische Confession zu unterdrücken, zu verbieten oder auch nur die bestehende Organisation ihres Cultus zu unterdrücken oder zu schädigen.

Die alte, dem König bekannte katholische Kirche hatte, wir wiederholen es, aufgehört zu bestehen. Denn eine Regierung, deren Existenz nicht darauf beruht, dass sie auf einem geographisch abgegrenzten Raume unabhängig schaltet, wie die sogenannten weltlichen Regierungen, welcher vielmehr nur gestattet worden ist, über alle staatlichen Grenzen hinaus ihre Gewalt auf Grund der ihr eigenthümlichen und allerseits anerkannten Verfassung auszuüben, verliert in demselben Momente die Grundlage ihrer Lebensfähigkeit und somit ihr Leben selbst, wo die ihr eigenthümliche Verfassung zerstört wird. Dieser Fall war eingetreten. — Eine übermächtige und neue Ketzerei war an die Stelle der alten katholischen Kirche getreten.

Gegenüber dieser Thatsache, welche dem König die formelle Freiheit in Bezug auf Behandlung der confessionellen Fragen wiedergab, die er dem Pabste geopfert hatte, stand nun aber die andere Thatsache, dass in Preussen acht Millionen und in dem vom Könige von Preussen abhängigen Reich sechs Millionen in Folge der Schwächlichkeit ihrer berechtigten Führer und in Folge der seit langer Zeit auf ihre Beugung unter das römische Joch gerichteten Thätigkeit der höchst bewundernswerthen Organisation der päbstlichen Maschine, in Folge endlich der durch lange Jahre geübten Praxis der preussischen Gewalthaber den Pabst für den Verkünder der göttlichen Wahrheit hielten. Sie fürchteten ihrerseits in Ketzerei zu verfallen, wenn sie sich vom

Pabste lossagten oder hatten doch den Muth nicht, alle die tausendfältigen Unannehmlichkeiten auf sich zu nehmen, welche von dem Austritt aus der Kirche untrennbar sind. Unter diesen Umständen befand sich der König von Preussen zwischen zwei Pflichten. Nämlich zwischen der Pflicht das Princip seiner Souveränität als Richtschnur seines Verhaltens gegen Rom aufrecht zu erhalten und der anderen Pflicht in Ausübung seines landesväterlichen Berufes dafür Sorge zu tragen, dass seine katholischen Unterthanen durch den zwischen Pabst und König entbrannten Streit nicht in schwere Mitleidenschaft gezogen würden.

Mit anderen Worten:

An dem Tage, wo der König erkannte, dass er den Bischof von Rom nicht mehr in Ausübung der päbstlichen Rechte in Preussen schützen dürfe, an demselben Tage wo alle der katholischen Kirche gegebenen Garantien hinfällig wurden, mussten der christlichen Genossenschaft, welche fortfuhr den römischen Bischof für ihren pontifex maximus zu halten, durch einen spontanen Act innerer Gesetzgebung mit wenigen Ausnahmen alle die Privilegien zurückgegeben werden, welche sie besass, ehe der Pabst aufgehört hatte für den König zu existiren. — Es ist unnöthig und könnte im jetzigen Moment schädlich sein, die wenigen Ausnahmen zu bezeichnen, von denen eben die Rede ist. — Für den Zweck dieser Darstellung reicht aus zu sagen, dass der eben erwähnte Act der Gesetzgebung unter allen Umständen davon absehen musste, bestimmte Handlungen, welche das Gewissen der Einzelnen beunruhigen könnten zu verlangen.

Der Staat musste sich darauf beschränken, für Handlungen und Leistungen, welche seinem Princip widersprechen, seine Mitwirkung zu versagen. — Entziehung der Temporalien hätte jedenfalls das grösste Uebel sein müssen, welchem Renitente auf kirchlichem Gebiete ausgesetzt werden durften, so lange sie nicht in Collision mit dem bestehenden Allgemeinen, für Alle gültigen Strafgesetze geriethen.

Für den Augenblick wäre dadurch nicht viel geändert worden. — Darauf aber kam es gerade an, die Zustände, an welche die Welt gewohnt war, nicht plötzlich in schmerzlicher Weise umzukehren. — Insofern sie krankhafte Zustände waren, konnte kein Zweifel darüber sein, dass sie als Consequenz einer seit unvordenklicher Zeit befolgten Politik angesehen werden mussten. — Wenn in Berlin die Ansicht zur Herrschaft kam, dass diese Politik fehlerhaft gewesen war, so war es in höchstem Grade grausam die Unterthanen des Königs dafür büssen zu lassen, dass diese Ansicht sich so spät Bahn gebrochen hatte.

Missgriffe in der Politik, welche man sonderbarer Weise als äussere Politik angesehen hatte, konnten nicht durch plötzliche Gewaltmassregeln beseitigt werden. — Die Gesetzgebung ist auf diesem Felde überhaupt ohnmächtig. — Nur ein durch lange Jahre consequent fortgesetztes politisches Verhalten, welches das massgebende Princip unverwandt im Auge behält, kann den evangelischen Kaiser von Deutschland dem Ziele näher führen, auf dessen Erreichung ihn sein Ursprung und die Geschichte mit Nothwendigkeit hinweisen. — Wenn diese historische Nothwendigkeit durch die sogenannte Realpolitik in den Hintergrund gedrängt wird, entfernen wir uns von der grösseren Aufgabe.

Die Gewaltsamkeit politischer Massregeln steht häufig in umgekehrtem Verhältnisse zu ihrer nachhaltigen Wirkung. Auch Gott selbst hat in der Regel einen andern Modus procedendi. — Es genügte ihm, einen Hahn schreien zu lassen, als es darauf ankam, Petrus zu beweisen, dass er ein armer Wicht sei, und daher zum Kirchendespoten gar keinen Beruf habe. Die Unmerkbarkeit der nächsten Wirkung ist daher in diesem Falle kein stichhaltiger Einwand.

Selbst eine langsame, aber sicher eintretende Wirkung kann Niemand garantiren. Wer will sagen, dass ein bestimmter Erfolg eingetreten sein würde, wenn etwas geschehen wäre, was nicht geschehen ist.

Das aber kann ich mit Bestimmtheit sagen, dass ich der festen Ueberzeugung bin, dass ein politisches Verhalten wie ich es stets im Sinne gehabt habe, die besten Resultate herbeigeführt haben würde.

Man denke sich nur einmal in die Lage. Der Lärm, den der Culturkampf verursacht hat, wäre nicht gehört worden. — Die katholische Kirche in Deutschland würde ungeachtet der wahrscheinlichen Verstimmung gegen den Kanzler doch keinen positiven Grund zur Klage gehabt haben. — Sie hätte sich in ebenso befriedigender Lage befunden wie bisher, aber sie hätte dieselbe allerdings nur der königlichen Initiative und der Landesverfassung zu verdanken gehabt.

Mittlerweile hätte der Pabst sein Leben im Vatican fortgesetzt. Ohne die breite glänzende Unterlage, welche die weltliche Herrschaft gibt, ohne die Gloriole, welche seine Betheiligung am Culturkampfe um ihn verbreitet, officiell ignorirt vom deutschen Kaiser, dessen Verhalten Nachahmer gefunden haben würde, würde wahrscheinlich in nicht zu langer Frist das Interesse sich verloren haben, welches die Herzen der Deutschen jetzt noch für das Pabstthum erfüllt. — Denn über nichts tröstet der Mensch sich leichter als über das Unglück seiner Freunde.

VII.

Diese Schrift lag zum Abdruck bereit, als Pius der Neunte sein Leben schloss. — Darum ist sie zurückgelegt und der letzte Theil ist bedeutend abgekürzt worden. Die Veröffentlichung schien inopportun. Denn es war zu erwarten, dass der neue Pabst mit neuen Mitteln die alten Zwecke zu erreichen suchen würde. Seine ersten Amtshandlungen mussten abgewartet werden, ehe ein Urtheil über die neue Lage möglich war. Dem neuen Pabst stand als Empfehlung die lange Ungnade des verstorbenen Pabstes und der Hass Antonelli's zur Seite. — Seit dem Tage seiner Thronbesteigung ist Höflichkeit gegen die Mächtigen der Erde das Losungswort des Vaticans. — Pius VII., als er durch Vermittlung der Mächte den Kirchenstaat und durch Preussens Eingreifen insbesondere die Legationen wieder erhielt, drückte sich ähnlich aus, obwohl er weniger klug war, als Leo XIII. — Dann stellte er die Jesuiten wieder her und hielt an seinen Principien fest.

Pabst Leo XIII. konnte keinen Augenblick zögern, sich über seine Lage klar zu werden. Er fand sich in ähnlicher Lage wie Pius der Siebente. Auch er war des

Kirchenstaates beraubt und in gewissem Sinne allerdings ein Gefangener. — Nicht Kerkermeister freilich schliessen ihn ein. Aber seine persönliche Würde hält ihn im Vatican zurück. — Noch liegen die Dinge so, dass ein Pabst, der in Roms Strassen spazieren gehen wollte, fürchten muss, sich in kleiner Münze zu verausgaben.

Mit zwei gefährlichen agressiven Gegnern hatte er zu thun. Einer beleidigte ihn fortwährend durch die Thatsache der Usurpation, der Andere sporadisch und indirect durch Angriffe auf die Kirche. — Mit Berlin und Italien kann er nicht gleichzeitig im Streite liegen, denn die grösste Gefahr lag in dem Bündniss beider, dessen stärkster Kitt der gemeinschaftliche Gegensatz gegen das Pabstthum ist. — Diese Gefahr ist um so grösser, als Pius IX. die letzten Jahre seines Lebens darauf verwendet hat, das Pabstthum bei allen Regierungen in Misscredit zu bringen. Leo XIII. konnte nicht fortfahren gleich seinem Vorgänger Unliebenswürdigkeit als ein nothwendiges Element päbstlicher Tugenden anzusehen.

Fern von mir sei die Anmassung genau zu wissen, welche Beweggründe den heiligen Vater in seinem Verhalten bestimmt haben oder ferner bestimmen werden.

Bis ich widerlegt sein werde, wird es mir aber erlaubt sein zu glauben dass der Pabst und der Cardinal Franchi sich von Anfang der neuen Regierung die Frage vorgelegt haben, mit welchem Feinde zuerst Fühlung zu gewinnen sei. — Der gute und an Auskunftsmitteln reiche, aber sehr sanguinische Franchi, ist nicht lange über die einzuschlagende Richtung verlegen gewesen. — Er wusste, dass der Culturkampf trotz aller Leidenschaftlichkeit an entschei-

dender Stelle nicht so ernst gemeint war, wie viele glaubten.
— Ihm waren zuverlässige Mittheilungen darüber zugegangen, dass weder der Kaiser noch der Kanzler eine dauernde Schädigung der katholischen Kirche im Sinne hatten. — Franchi sah ein, dass die streitenden Parteien in eine impasse gerathen waren, weil sie sich gegenseitig unterschätzt hatten. Es entging ihm nicht, dass den ganzen deutschen Verdriesslichkeiten im ersten Augenblick hätte vorgebeugt werden können, wenn nicht der Cardinal Antonelli — cette grande incapacité méconnue — in Apathie versunken über die Beschäftigung mit seinen Steinen, seinen Krystallen und seiner vielseitigen Familie, allen „flair" für politische Dinge verloren hatte. — Grössere Gegensätze als Antonelli und Franchi sind nicht denkbar. — Sie kamen in jeder Aeusserlichkeit zum Vorschein. Der Eine dürr und steif — der Andere fett und beweglich. Weil fett auch leichtsinnig. — Antonelli versprach nie und hielt bisweilen was er hatte hoffen lassen. — Seine Zusicherung ging nie über das „Mi pare possibile" hinaus. Seine Ablehnung war „Credo che non potrà farsi". Jedesmal war dies ein unwiderruflicher refus. — Franchi versprach Alles, auch was er gar nicht halten konnte. Es wäre grausam gewesen, ihn auch nur daran zu erinnern, da er es so gut meinte. — Antonelli kannte von der Welt einen kleinen Theil des Vaticans, Macerata und Gaeta mit Neapel. — Franchi kannte die Welt und viele Personen. — Er liebte desswegen gerühmt zu werden. An Expédients war er unerschöpflich. — Was ihn besonders auszeichnete, war ein ganz besonderes Talent sich die Meinungen Anderer anzueignen und in das Vaticanische zu übersetzen,

so dass er sie brauchen konnte. — Sie kamen dann wieder zum Vorschein wie es erspriesslich schien. — Er war ein Telephon mit Selbstbewusstsein. Dazu kam, dass Franchi seiner Pflicht gemäss ein verzweifelt schlechter Patriot war. — Papst und Staatssecretär gehören dem Universum und üben Universalverrath, wenn sie sich den Luxus eines Vaterlandes erlauben wollen. — Sie sind unfähig zum Landesverrath.

Daher war Franchi auch stets bereit, Ligurien und Piemont an Frankreich, andere Provinzen an andere abzutreten, und als Entschädigung Rom und Bologna mit Ancona und Ferrara für den Pabst anzunehmen.

Von diesen Gesichtspunkten ausgehend, mussten persönliche Vorliebe und eigene Erfahrung den neuen Staatssecretär darauf hinweisen, zunächst den vom Cardinal Antonelli in übler Stunde zerrissenen Faden an der Stelle wieder aufzunehmen, wo er in den Staub gefallen war. — Wenn es gelang — und Franchi meinte, dass es gelingen müsse — ihn wieder zusammen zu knüpfen, fand alles Andere sich von selbst.

Es ist dann auch im Vatican im Februar die Frage ernstlich discutirt worden, ob es sich empfehlen dürfte, einen ausserordentlichen Abgesandten des Pabstes an den mächtigen Kaiser der berühmten deutschen Nation zu schicken, um ihm die Thronbesteigung des Pabstes Leo anzuzeigen. Indessen hiezu kam es nicht. Die Furcht sich zu sehr zu compromittiren, überwog. Vielleicht fühlte der Pabst sich auch nicht stark genug, um den sauren Gesichtern seiner Umgebung zu widerstehen. Viele Fürsten und Minister scheitern an der Furcht vor sauren Gesichtern. Es gehört zu den grössten Eigenschaften des Kanzlers, dass er, obwohl sein Herrschaftsbedürfniss ihn treibt, sich nicht blos die Menschen sondern auch ihre Meinungen unterzuordnen, doch vergnügte Gesichter nicht für einen nothwendigen Bestandtheil seines Mobilars ansieht.

Der Cardinallegat blieb also in Rom. Er wurde ersetzt durch den ersten Brief des Pabstes an Seine Majestät den Kaiser. Die Odyssee dieses pontificalen Schreibens zu erzählen, ist hier nicht der Ort. Ein Monat verging, ehe es an seine hohe Adresse gelangen konnte, und wer die Geschichte seiner Pilgerfahrt kennt, wird in diesem Schreiben nicht den ersten Schritt des Kanzlers nach Canossa erkennen.

Man sollte überhaupt dieses todtgehetzte Wort zur Ruhe kommen lassen. Was hat die Erinnerung an Canossa mit diesen Dingen zu thun?

Wo ist der arme Stümper Heinrich? Wo ist der grosse Gregor? Wo sind die siegreichen deutschen Rebellen?

An den ersten Brief des Pabstes hat sich dann die Correspondenz zwischen Rom und Berlin geknüpft, von der wir einen Theil — die Berliner Briefe — aus den officiellen Publicationen kennen, welche bedauerlicher Weise auf die Wahlen ohne Einfluss geblieben sind.

Nebenher liefen „Befühlungen" mit Rom, welche resultatlos waren, und schliesslich die Begegnung in Kissingen wünschenswerth erscheinen liessen.

Ich weiss nicht, was sich in Kissingen zugetragen hat, und wenn ich es wüsste, würde ich es nicht sagen.

So viel kann man als sicher annehmen, dass dem Nuntius Horizonte von grosser Weite eröffnet worden sind, in welchen er je nach seiner Stimmung herrliche Dinge sehen konnte — vielleicht eine Fata Morgana, vielleicht eine Eventualität. Mehr nicht? Diplomatie ist die Kunst, den magnetischen Einfluss, welchen der Mensch auf den Menschen übt, zum Nutzen des Landes zu verwerthen oder diesem Magnetismus zu widerstehen. Wenn es diese Kunst nicht gäbe, würden die Staatsgeschäfte füglich durch Vermittlung der Briefpost besorgt werden können. Zur Ausübung dieser Kunst ist der Reichskanzler mit besonderen Mitteln ausgerüstet.

Er ist von der Wahrheit und Richtigkeit dessen, was er in Bezug auf grosse Geschäfte sagt, in dem Augenblicke, wo er es sagt, so überzeugt, dass diese Ueberzeugung, welche in eindringlicher und von allen Seiten auf denselben Punct convergirender Weise ausgedrückt wird, sich in die Seele des Interlocutors infiltrirt, wie Wasser in einen Schwamm oder einen Stein; je nach der Widerstandsfähigkeit des in Behandlung stehenden Subjects. Es ist der modus procedendi, durch welchen der Einzelne Muth, Enthusiasmus, Fanatismus, Liebe und Wahnsinn in Anderen, namentlich in der grossen Menge erzeugt.

Unter diesem Zauber hat Msgr. Aloysi Masella so sichtbarlich gestanden, dass er seinerseits besonderes Wohlgefallen erregt haben muss.

In wie weit der magnetische Strom, der auf den Nuntius wirkte, durch ihn hindurch auch nach Rom gewirkt hat, ist schwer zu entscheiden.

Das einzige Document, welches uns darüber aufklären könnte, ist der Brief des Pabstes an den Cardinal Nina, welcher, früher datirt als geschrieben, kurz vor der Discussion des Socialistengesetzes bekannt geworden ist. — Darin kann man ein Symptom des päbstlichen Bemühens sehen, das Centrum von systematischer Opposition abzuhalten. Indessen bedarf dies Schreiben selbst dermassen der Aufklärung, dass es keinen Anhalt zur Beurtheilung der Frage gibt, wie weit das Einvernehmen zwischen Berlin und Rom gediehen ist. Wenn ich aber versuche, mit dem Gehirn dessen zu denken, des es verfasst hat, so erscheint es mir als eine neue Aufgabe des uralten Receptes gegen alle Uebel, welches als „alliance du trône et de l'autel" bekannt ist, aber nicht in allen Fällen geholfen hat.

Quel trône et quel autel?

Die Nachrichten, welche mit lobenswerther Spärlichkeit über die Kissinger Unterhandlungen in das Publicum gekommen sind, haben doch ausgereicht, um dasselbe höchlichst zu beunruhigen.

Diese Beunruhigung würde ich theilen, wenn nicht die Person des Kanzlers eine Gewähr dafür böte, dass er nicht in den Fehler verfallen sein kann, einer Schwierigkeit durch ein Unglück zu entgehen.

Ein solches Unglück würde sein, wenn in Kissingen noch einmal versucht worden wäre in ein Vertragsverhältniss mit dem Pabst zu treten oder ein solches auch nur vorzubereiten.

Der Culturkampf und die Maigesetzgebung leiden in ihrer Gesammtheit an den oben schon näher bezeichneten Fehlern.

Dieses Urtheil bezieht sich natürlich nicht auf jeden einzelnen Artikel, sondern auf die Tendenz, welche der ganzen Politik zu Grunde liegt, mit der die Regierung gewisse Uebelstände zu beseitigen versucht hat.

Aber so correcturbedürftig diese Politik und die Gesetzgebung der letzten Jahre auch sein mögen, sie haben mit deutlicher Schrift, wenn auch ohne das Princip auszusprechen, den Grundsatz zur Geltung gebracht, dass der König Herr im eigenen Hause ist, und von seiner Hauswirthschaft nur seinem Gewissen und dem Lande gegenüber Rechenschaft zu geben hat. — Ich habe meinen Standpunkt oben klar gelegt. Meinem beschränkten Unterthanenverstand und auch meinem dilettantischen Laiensinn nach, wäre es besser gewesen, das Princip deutlicher als Ausgangspunkt unserer Politik hinzustellen, und es mit weniger Leidenschaftlichkeit und weniger überstürzt nach allen Richtungen hin anzuwenden.

Aber sei dem wie ihm wolle, den Schritt vorwärts, den wir thatsächlich gethan haben, wollen wir nicht zurückthun und ich verstehe, dass Viele den Reichskanzler sich zur Anerkennung dafür verpflichtet fühlen, dass er auch auf diesem Felde dem Selbstgefühl der preussischen Krone Ausdruck gegeben hat.

Mit den Worten: „En ce qui me concerne je me sens l'égal de tous ces gaillards" hat einmal ein preussischer Diplomat eine Discussion über eine Etiquettenfrage abgeschnitten. Wenn alle seine Nachfolger heute dasselbe sagen und denken können, so verdanken sie es dem Reichskanzler.

Es liegt daher nicht der mindeste Grund zu der Annahme vor, dass der Reichskanzler den nach vorwärts gethanen Schritt zurück thun will, und die Gefahr der Zusammenkunft in Kissingen ist nicht sonderlich gross.

Fürst Bismarck würde unstreitig auch den Herzog von Kumberland oder seinen Bevollmächtigten empfangen, ohne deswegen den Herzog als König von Hannover anzuerkennen.

Er hat Lassalle gesehen und unter dessen magnetischem Einfluss gestanden. Er kann auch Msgr. Masella sehen, ohne das Vaterland zu verrathen. Nicht darauf kommt es an, ob zwei Männer aus verschiedenen Lagern sich begegnen, sondern darauf, was bei dieser Begegnung versprochen wird.

Daher also — wenn es feststeht, dass in Kissingen dem Kanzler nichts „Ungebührliches" hat zugemuthet werden können, so ist es auch nicht nöthig, zu glauben, dass er Ungebührliches versprochen hat. — Ja selbst wenn es in Kissingen so weit gekommen sein sollte, eine „harmonie préetablie" zu schaffen, würde damit noch nichts aufgegeben sein. — Es gibt Fälle, wo die Rechte wissen darf, was die Linke thut — wenn nur die Rechte in ihren Bewegungen nicht von der Linken abhängt.

Dies vorausgeschickt, müsste ich aber doch zur Wahrung meines eigenen Standpunktes eine Reserve machen.

Ich habe mich ernstlich bemüht, alle Gründe anzugeben, welche die Besorgniss widerlegen, dass bei den Unterhandlungen mit Rom ein fauler Friede geschlossen werden könnte.

Aber schon die Anwendung des Wortes „Friede" bringt in dieser Verbindung einen Misston hervor.

Der Pabst ist kein Souverain, mit dem wir „Friede" schliessen können. Er selbst spricht in seinem Briefe an den Cardinal Nina davon, dass er keinen Waffenstillstand, sondern einen dauernden Frieden wolle. — Ich protestire gegen diese Ausdrucksweise. — Wenn man aus Anlass des Culturkampfes von „Frieden" reden will, so soll man es gebrauchen in dem Sinne, in welchem der König Max von Baiern sagte: „Ich will Frieden mit meinem Volke." Um diesen Frieden zu haben, braucht der König den Pabst nicht. Was kostet der Friede zwischen König und Landeskindern, den der Pabst vermittelt? Ist der Pabst auch ein ehrlicher Makler? Will er die Katholiken wieder zu den hochherzigsten und treuesten Unterthanen machen, die sie ehedem waren?

Sind sie es denn wirklich nicht mehr? Und wann waren sie hochherziger und treuer als wir, die Söhne Schlesiens, Pommerns und der anderen protestantischen Provinzen, die wir nach Vorgang der Reformatoren den Sitz unserer alten Krankheit in Rom suchen?

Und endlich! Ist es nicht seltsam und ein neuer Beweis von der weiten Kluft, welche den Vatican von der Burg des Kaisers trennt, dass der Pabst in demselben Schreiben, in welchem das Bestreben, des Kaisers Herz zu rühren und für sich zu gewinnen, sich so deutlich zeigt, es als ein gar nicht zu duldendes Missgeschick betrachtet, dass in Rom die Religion des Kaisers frei bekannt werden darf. — War es also gemeint, so liegt nichts vor, als ein neuer Beweis dafür, dass die Standpunkte unvereinbar sind, selbst wenn das grösste Friedensbedürfniss in Rom vorliegt.

Wenn der König Frieden will mit den Katholiken in seinem Volke, so braucht er den Pabst nicht. — Ohne uns in Rom darnach zu erkundigen, wissen wir ganz genau, welche Bestimmungen der Maigesetze für die Katholiken annehmbar sind, und welche nicht.

Nichts ist leichter, als die Maigesetze so zu ändern, dass sie keinen Anlass zur Beschwerde mehr geben können, ohne dabei dem Rechte zu entsagen, welches der König in Anspruch nehmen muss. Den eigenen Unterthanen nachzugeben ist leichter vereinbar mit dem Stolz des Königs, als ein Wiedereintritt in die falsche Lage, in welche uns die Verhandlungen mit Rom stets versetzt haben.

Ueberdies kann der Pabst die Dienste, welche der Fürst Bismark von ihm verlangt, gar nicht leisten. — Was im Jahre 1872 vielleicht möglich war, ist es heut nicht mehr.

— Der Pabst hat einen grossen Einfluss in der Welt, aber die sogenannte ultramontane Partei hat zum Theil nur darum so rückhaltlos eingewilligt, sich in ihrem politischen Verhalten dem Pabst unterzuordnen, weil sie annehmen durfte, dass der Pabst mit seinem Segen die von ihnen erstrebten Ziele heiligen werde. Sollte das Umgekehrte eintreten, so würde der päbstliche Einfluss abnehmen, und der Pabst, falls er nicht zu immensen Reformen schreiten will, in das alte Fahrwasser einlenken müssen. Wie man die Sache auch ansehen mag — ein Resultat, welches zugleich praktisch und wünschenswerth wäre, kommt bei den Verhandlungen nicht heraus.

Indessen Derjenige, der die Geschäfte in Händen hat und das Ganze übersieht, dem die Nation blind vertraut und dessen Zirkel sie mit Recht nicht wagt zu berühren, ist unter allen Umständen klüger, als ein publicistischer Dilettant.

Ihm muss überlassen bleiben, die Wege zu wählen. Es ist bei Gelegenheit der Kissinger Verhandlungen auch wieder viel von der Errichtung einer Nuntiatur in Berlin die Rede gewesen. — Schon im Anfange dieses Essay wurde erwähnt, dass unter Umständen eine Nuntiatur in Berlin eine nützliche Einrichtung gewesen sein würde. — Ob sie es jetzt noch sein kann, ist eine andere Frage. — Nachdem unsere ganze völkerrechtliche Stellung zum Vatican so gründlich verändert ist, dass die Vorbedingungen zu diplomatischem Geschäftsverkehr fehlen und fehlen sollen, würde das Erscheinen eines Nuntius in Berlin dazu dienen, die Begriffe aufs Neue zu verdunkeln. Selbst für den sehr unerfreulichen Fall, dass diplomatische Beziehungen zwischer Berlin und Rom wiederhergestellt werden sollten, gibt es doch nur zwei bis drei Prälaten, welche die Mission in Berlin richtig erfassen würden.

Die Uebrigen würden exponirte Faktoren der Polen und der Westphälischen Fanatiker sein. Die Ansprüche, mit denen sie nach Berlin kommen würden, stehen auf gleicher Stufe mit dem Anspruch, welchen ein zum Botschafter in Berlin ernannter russischer General etwa erheben wollte, ein oder zwei preussische Armeekorps zu commandiren. — In der Regel würde die Nuntiatur ein Neuigkeitsbureau sein, von dem aus unerfreuliche Notizen über Hof, Stadt und Land in alle Welt zollfrei versendet werden dürften. — Zur Ansammlung solcher Notizen fehlt es in Berlin nicht an Gelegenheit. Doch Alles dies ist Sache der königlichen Initiative. Wenn Se. Majestät der Kaiser nach Beilegung des Streites im Lande es nicht mehr gefährlich finden sollte, einen Vertreter des Pabstes an seinem Hofe zu empfangen, so hat Niemand das Recht etwas dagegen zu sagen. Jedenfalls müsste derselbe Botschafterrang haben, und seine Aufgabe sich darauf beschränken, den vertraulichen Verkehr zwischen den allerhöchsten Personen an Fest- und Geburtstagen zu vermitteln.

Für einen diplomatischen Agenten der Kurie, der ihren geschäftlichen Verkehr mit der Regierung vermittelt, ist in Berlin kein Platz, da er eben keine Geschäfte haben soll, so wenig wie der Gesandte des souveränen Ordens von Malta sich mit Staatsgeschäften in Wien befasst.

Alle diese Argumentationen würden hinfällig werden in dem Augenblicke wo die, meiner Ansicht nach unerlässliche Reform der päbstlichen Regierungsmaschine den verschiedenen Nationen und für gewisse Dinge auch ihren Regierungen das Recht zurückgibt, sich an der Entscheidung kirchlich-politischer Fragen zu betheiligen. — Es würde dann die Frage der diplomatischen Beziehungen unter ganz neuen Gesichtspunkten angesehen werden müssen. Es würde zur Erwägung kommen, ob die Vertretung der deutschen Nation in Rom hinfort nicht einer diplomatischen Persönlichkeit, sondern einem Cardinal Protektor zu übertragen sei, welcher in dem nicht länger ausschliesslich romanischen heiligen Collegium seinen natürlichen

Platz hat und an den Geschäften der Kirchenregierung sich betheiligt.

VIII.

Fassen wir in einigen Worten noch einmal die Summe des Gesagten zusammen. —

Alles ging darauf hinaus, an der Hand der Erfahrung darzuthun, dass die altangewöhnte Vorstellung von der in Rom waltenden Mässigung im Vergleich mit den Leidenschaften des nationalen Clerus irrig sei. — Nicht aus der Mitte desselben ist der Neukatholizismus hervorgewachsen. Der Einfluss der in Rom herrschenden Partei hat ihn erzeugt. Und wenn Rom auch nicht immer die Initiative genommen hat, um agressiv vorzugehen, hat es sich doch nie geweigert, der Brennspiegel zu sein, in welchem die gegen uns gerichteten Strahlen politischen Hasses sich sammelten, um sich dort zu entzünden. — Daher war es ein Fehler der preussischen Politik, freundschaftliche Beziehungen mit dem Pabste zu suchen, so weit dieselben eine Anerkennung seiner Ansprüche enthielten und folglich Roms Einfluss stärkten.

Ebenso war es ein Fehler, Abhilfe gegen die Unbequemlichkeiten einer politischen Opposition, welche sich auf Rom berief, durch Gewaltmassregeln erreichen zu wollen, und die Gewissen der Katholiken zu bedrängen, um ihre politische Haltung zu bestimmen. —

Unter dem Einfluss der Erkenntniss, dass der eingeschlagene Weg der falsche war, soll nun augenscheinlich auf's Neue mit dem Pabste Fühlung gesucht werden. —

Die Frage, wer den ersten Schritt gethan hat, um Verständigung zu suchen, ist gleichgültig.

Es scheint auf den ersten Blick, als wären nach der Thronbesteigung Leo's XIII. alle Motive fortgefallen, welche den Bruch herbeiführten. — Dies ist richtig, soweit es nur auf Fragen persönlicher Höflichkeit ankommt. —

Insofern es sich aber um die tiefliegenden Schwierigkeiten handelt, welche Rom und Berlin trennen, liegt die Sache anders.

Wenn der Papst Leo wirklich den religiösen Frieden will, und es ihm nur darauf ankommt, so viel an ihm ist, das Loos der Kirche in Deutschland zu erleichtern, so hätte er durchgreifendere Mittel anwenden können, als er angewandt hat.

Die Klage Roms geht dahin, dass die Maigesetzgebung die Gewissen der Katholiken bedränge. In manchen Punkten ist diese Klage berechtigt, in manchen ist sie es nicht. — Wir Alle wissen, in Bezug auf welche Punkte die Bedrängung der Gewissen, der Nothstand der Kirche lediglich in Hindernissen ihren Grund haben, welche der Pabst aus dem Wege räumen kann.

Nichts verbietet ihm, ohne den langsamen Weg diplomatischer Verhandlungen zu betreten, die preussischen Bischöfe zur Präsentation der von ihnen ernannten Geistlichen bei der Regierung zu ermächtigen. — Eine zu diesem Zweck an die Bischöfe oder die Verwalter der Diözesen gerichtete Encyclika wäre ein deutlicheres Zeichen von apostolischer Gesinnung als der vieldeutige Brief an den Cardinal Nina.

Er würde, wie die Sachen einmal liegen, nicht ohne Wiederhall bei den gouvernementalen Kreisen Berlins bleiben, und die Lösung der Frage nach der Wiederkehr oder dem Ersatz der verbannten Bischöfe sehr erleichtern.

So lange der Papst diesen Schritt nicht thut, muss angenommen werden, dass er Wünsche hat, welche über die Befriedigung des religiösen Bedürfnisses hinausgehen. Er rechnet bei seinem Verhalten, man darf es annehmen, ohne ihm zu nahe zu treten, auf die Nothlage der preussischen Regierung.

Analog scheinen die Dinge in Berlin zu liegen. — Auch dort kann man sich nicht verhehlen, dass der Culturkampf und die von demselben hervorgebrachte Gesetzgebung über das Ziel hinausgeschossen ist. — Die Punkte, in welchen die Maigesetzgebung einer Aenderung bedarf, um die Regierung von einer schweren Verantwortung zu entlasten, sind dem Fürsten Bismarck genau bekannt. Sein Prestige ist gross genug, um für diese Revision die Zustimmung der Häuser zu erlangen.

Aber auch die Berliner Politik auf kirchlichem Felde wird von politischen Hintergedanken bestimmt.

Wenn der Pabst seinerseits die Instructionen erlassen wollte, welche er zur Erleichterung der Lage in Preussen erlassen kann, wenn die Berliner Regierung ihrerseits diejenigen Gesetzesbestimmungen aufheben wollte, für welche sie die Verantwortung nicht auf sich nehmen darf, dann würde zu Tage kommen, wie klein die Kluft sein könnte, welche die Streitenden trennt. — Diplomatischer Verhandlungen bedarf es zu diesem Zwecke nicht.

Anstatt einen solchen naturgemässen Weg einzuschlagen, den die Gegner einschlagen können, ohne ihre Prinzipien zu opfern, sehen wir, dass diplomatische Besprechungen stattfinden, bei denen — die Conversationen mögen oberflächlich, eingehend, dilatorisch oder entscheidend sein — unter allen Umständen das Mass der Befriedigung, welches die katholische Kirche in Preussen oder die einzelnen preussischen Katholiken geniessen sollen, als ein Preis behandelt wird, der nach den anderweitigen Vortheilen sich ändert, welche die Unterhändler zu erlangen wünschen.

Es würde dies ein unerlaubter Handel sein.

Nicht immer lohnt es sich, „geschickt" sein zu wollen.

Wenn der Reichskanzler nicht unser Unterhändler wäre, so würden, wie gesagt, diese geheimen Unterhandlungen sehr gefährlich scheinen.

Man würde sich verleiten lassen können, zu finden dass die preussische Regierung, gleich einem in Schulden gerathenen Manne, Hülfe bei Wucherern sucht, während innerhalb der Familie Hülfe umsonst zu haben wäre.

Mit einem Wort — als Resultat der Erfahrung und als Parole bei der Gegenwart dürfte der Grundsatz zu gelten haben, dass durch Unterhandlungen mit dem Papst absolut Nichts zu erreichen ist, was nicht durch mässiges und consequentes aber wohlwollendes Verhalten im eigenen Lande zu erreichen wäre. —